William Blake
Antología poética

ÍNDICE

Poemas de los esbozos poéticos

A la primavera

Oh tú, la de rizos de rocío que miras
por las claras ventanas de la mañana, vuelve
tus ojos de ángel a nuestra isla occidental
que en estentóreo coro celebra tu llegada, ¡oh Primavera!

Las colinas se dicen una a otra y los atentos
valles escuchan; nuestros anhelantes ojos se dirigen todos
hacia tus altos pabellones brillantes. Surge
y deja que tus benditos pies visiten nuestro clima.

Ven por las colinas del este y deja que nuestros aires
besen tu perfumado atavío; que gustemos
tu aliento matutino y nocturno; siembra tus perlas
sobre nuestra tierra sedienta de amor que te anhela.

¡Oh, adórnala con tus dedos de hada; vierte
tus besos suaves en su seno y coloca
tu dorada corona sobre la cabeza desfalleciente
cuyas modestas trenzas fueran tejidas para ti!

Al estío

¡Oh tú que recorres valles con
tu fortaleza, domina tus altivos corceles, alivia el calor
que llamea en sus grandes fauces! Tú, oh verano,
a menudo has alzado aquí tu dorada tienda y a menudo
bajo nuestros robles dormiste mientras nosotros contemplábamos
con dicha tus miembros rojizos y tu abundante cabellera.

Bajo nuestras más espesas sombras muchas veces hemos escuchado
tu voz, cuando el mediodía, en su carro febril,
cabalgaba por las profundidades celestiales; junto a nuestras primaveras
siéntate, y en nuestros musgosos valles, en
alguna ribera, junto a un río claro, despójate de tus drapeados de raso y corre a la corriente:
nuestros valles aman al verano en su gloria.

El pulsar de nuestros vates sobre hilo de plata es afamado;
nuestros jóvenes son más temerarios que los zagales meridionales
y nuestras doncellas, más hermosas cuando ejecutan vivaces danzas.
No carecemos de cantares ni de instrumentos alegres,
ni de dulces ecos, ni de aguas tan claras como el cielo,
ni de coronas de laurel que nos protejan del calor sofocante.

Al otoño

Tú, otoño, cargado de frutos y manchado
con la sangre del racimo, no te marches. Siéntate
bajo mi umbrío tejado; allí podrás reposar
y acordar tu alegre voz a mi caramillo fresco.
¡Todas las hijas del año danzarán!
Canta ya el lozano canto de las frutas y las flores.

<<El capullito ofrece sus bellezas al
Sol y el amor corre por sus venas palpitantes;
las flores cuelgan en torno a las frentes mañaneras y
se abren bajo la brillante mejilla de la víspera modesta
hasta que todo el Estío rebosante rompe a cantar
y las plumosas nubes esparcen flores por su cabeza>>.

<<Los espíritus del aire viven en sus aromas
de fruta; y la dicha, con ala ligera, vaga
por los jardines o se sienta a cantar en los árboles>>.
Así cantó el jocundo Otoño al sentarse;
luego se incorporó y, ajustando su cintura,
saltó las frías colinas, desapareciendo de nuestra vida. Pero dejó su dorada carga.

Al invierno

Oh invierno, cierra tus férreas puertas
Tuyo es el norte: allí edificaste tu oscura
y bien cimentada estancia. No sacudas tus tejados
ni inclines tus columnas con tus carros de hierro.

No me oye; por las abiertas profundidades
cabalga resuelto. Sus tormentas se desencadenan,
en vainas de acero ribeteado. No oso elevar los ojos,
pues alza su cetro sobre el mundo.

¡Mira! Ahora el terrible monstruo, cuya piel se adhiere
a sus fuertes miembros, recorre las rocas quejumbrosas.
Todo lo marchita en silencio y su mano
despoja de ropas a la tierra y congela la frágil vida.

Toma asiento sobre las colinas; el marinero
en vano clama. ¡Pobre desventurado, que traficas
con huracanes! hasta que el cielo sonríe y el monstruo
es arrastrado, mientras grita, a sus cavernas, debajo del Monte Hecla.

A la estrella nocturna

¡Tú, ángel rubio de la noche,
ahora, mientras el sol descansa en las montañas, enciende
tu brillante té de amor! ¡La radiante corona
ponte y sonríe a nuestro lecho nocturno!
Sonríe a nuestros amores y, mientras corres los
azules cortinados del cielo, siembra tu rocío plateado
sobre todas las flores que cierran sus dulces ojos
al oportuno sueño. Que tu viento occidental duerma en
el lago. Di el silencio con el fulgor de tus ojos
y lava el polvo con plata. Presto, prestísimo,
te retiras; y entonces ladra, rabioso, por doquier el lobo
y el león echa fuego por los ojos en la oscura selva.
La lana de nuestras majadas se cubre con
tu sacro rocío: protégelas con tu favor.

A la mañana

¡Oh sagrada virgen! Vestida del más puro blanco
quita el cerrojo a los dorados portales del cielo y surge;
despierta al albo que duerme en el cielo; que la luz
se levante en las cámaras del este y traiga
el rocío de miel que llega con el día que despierta.
Oh radiante mañana, saluda al sol
que se anima como el cazador ante la presa y con
tus pies de alto coturno, preséntate por encima de nuestras colinas.

Hermosa Elenor

La campana dio la una sacudiendo la torre silenciosa.
Las tumbas entregan sus muertos: la hermosa Elenor
ha pasado junto al portal del castillo y, deteniéndose, mira en torno.
Un lamento sordo corrió por las siniestras bóvedas.

Gritó fuerte y rodó por los peldaños.
Sus mejillas pálidas dieron contra la piedra yerta. Nauseabundos olores
de muerte escapan como de un sepulcro
y todo es silencio, exceptuando el suspiro de las bóvedas.
La muerte helada retira su mano y la mujer revive.
Asombrada se encuentra de pie
y, como fantasma, por estrechos corredores
anda, sintiendo el frío de los muros en sus manos.

Retorna la fantasía y piensa entonces en huesos
y en cráneos que ríen y en la muerte corruptora
envuelta en su mortaja. No tarda en imaginar que oye
hondos suspiros y que ve lívidos espectros que se deslizan.

Por fin no la fantasía, sino la realidad,
atrae su atención. Un ruido de huidas; y los pies
de alguien que corre, se acerca. Ellen se detuvo
como una estatua muda, helada de terror.

El malhadado se acerca gimiendo: <<El mal hecho está;
toma esto y envíalo por quien fuere.
Es mi vida. Envíalo a Elenor.
¡Está muerto, pero clama tras de mí, sediento de sangre!>>

<<¡Toma!>>, exclamó, arrojando a sus manos
un paño húmedo y envuelto. Luego huyó
gritando. Ella recibió en sus manos
la pálida muerta y le siguió en alas del espanto.

Atravesaron con rapidez las verjas exteriores. El desdichado,
sin dejar de ulular, saltó el muro, cayendo al foso
y ahogándose en el cieno. La hermosa Ellen cruzó el puente

y pudo oír una tétrica voz que preguntaba: <<¿Lo has hecho?>>

Como herida gacela Ellen corre
por la llanura sin caminos. Como voladora flecha nocturna
vuela la destrucción y golpea en la oscuridad.
Huye del terror hasta volver a su hogar.

Sus doncellas la esperaban. Sobre su lecho cae,
aquel lecho de alegrías donde en otro tiempo su señor la abrazara.
<<¡Ah, espanto de mujer!>>, exclamó, <<¡ah maldecido duque!
¡Ah mi amado señor! ¡Ah miserable Elenor!>>

<<¡Mi señor era como una flor sobre las sienes
del lozano mayo! ¡Ah vida, frágil como la flor!
¡Oh lívida muerte! ¡Aparta tu mano cruel!
¿Pretendes acaso que florezca para engalanar tus horribles sienes?>>

<<Mi señor era como una estrella en lo más alto de los cielos,
arrastrada a la tierra mediante hechizos y maldades;
mi señor era como los ojos del día al abrirse,
cuando los vientos del oeste se deslizan suavemente por las flores>>.

<<Pero se oscureció. Como el mediodía estival,
se nubló; cayó como el árbol majestuoso talado;
moró entre sus hojas el aliento de los cielos.
¡Oh Elenor, débil mujer cargada de infortunio!>>

Tras hablar así levantó la cabeza,
viendo junto a ella el ensangrentado paño
que sus manos trajeron. Entonces, diez veces
más aterrada, vio que el mismo se desenvolvía.

Su mirada estaba fija. La sangrante tela se abre
descubriendo a sus ojos la cabeza
de su amado señor, muy lívida y cubierta
de sangre coagulada, la cual, tras gemir, así habló:

<<Oh Elenor, soy la cabeza de tu esposo
que, mientras dormía recostado sobre las piedras de la lejana torre,

fue privado de la vida por el miserable duque.
¡Un villano mercenario transformó mi sueño en muerte!>>

<<¡Oh Elenor, cuídate del perverso duque!
No le des tu mano, ahora que muerto estoy.
Tu amo busca quien, cobardemente y en la noche,
contrató a un rufián para quitarme la vida>>.

Ella se dejó caer con miembros yertos, rígida como la piedra.
Tomando la ensangrentada cabeza entre sus manos
besó los pálidos labios. No tenía lágrimas que derramar.
La llevó a su seno y lanzó su último gemido.

Cantar

¡Cuan dulcemente vagaba yo de campo en campo
saboreando todo el orgullo del estío!
Hasta que al príncipe del amor contemplé
cuando por los solares rayos se deslizaba.

Me ofreció lirios para adornar mi pelo
y ruborosas rosas para mis sienes;
me condujo por sus bellos jardines
donde crecían sus dorados placeres.

De dulce rocío de mayo estaban húmedas mis alas
y Febo encendía mi vocal arrebato.
Me capturó en su red de seda,
encerrándome en su jaula dorada.

Le place sentarse y oírme cantar.
Luego, riendo, bromea y juega conmigo.
Entonces estira mi ala dorada
y se mofa de mí, que he perdido la libertad.

Cantar

Mis sedas y mi fino atuendo,
mis sonrisas y mi aspecto lánguido
el amor se lleva
y el lúgubre y flaco desaliento
me trae rezos para adornar mi tumba:
tal el fin que los verdaderos enamorados hallan.

Su rostro es bello como el cielo
al abrirse los brillantes capullos.
Ah ¿por qué le fue dado
un corazón que es invernal frío?
Su pecho es la venerada tumba del amor de todos,
a la que acuden los peregrinos del amor.

Traedme hacha y pala;
traed mi mortaja.
Cuando haya cavado mi fosa
dejad que azoten los vientos y las tempestades:
en la tierra yaceré, frío como la arcilla.
¡El verdadero amor!

Cantar

El amor y la armonía se mezclan
y en torno a nuestras almas se entretejen
mientras tus ramas se unen a las mías
y nuestras raíces se juntan.

Las dichas se posan sobre nuestras ramas
gorjeando en alta voz y cantando con dulzura;
como amables riachuelos, a nuestros pies
la inocencia y la virtud se encuentran.

Tú das el fruto dorado;
yo visto de bellas flores.
Tus dulces ramas perfuman el aire
y la tórtola allí anida.

Allí ocupa su lugar y alimenta a sus pequeños.
Escucho su dulce y plañidero cantar
entre tus encantadoras hojas.
Hay amor allí: se lo oigo expresar.

Allí se asienta su nido encantador;
allí su compañero duerme la noche entera;
allí retoza durante el día
y entre nuestras ramas juega.

Cantar

Me gusta la jocunda danza,
el cantar de suave aliento
en que ojos inocentes miran
y susurra la lengua de la doncella.

Me gusta el sonriente valle;
me gusta la colina que el eco devuelve,
donde la alegría nunca falta
y donde el feliz zagal ríe de buena gana.

Me gusta el agradable lecho;
me gusta la inocente enramada
donde nos espera el blanco y el pardo
o el fruto del mediodía.

Me gusta el banco de roble
bajo el roble,
donde se reúnen todos los ancianos de la aldea
para reír con nuestros juegos.

Quiero a todos nuestros vecinos;
pero más te quiero a ti, Kitty.
Siempre los querré;
pero tú lo eres todo para mí.

Cantar

Recuerdos, acudid
y acordad vuestras alegres notas;
y, mientras en el viento
vuestra música flota,

escrutaré la corriente
donde sueñan los suspirantes enamorados
para pescar en ella fantasías cuando pasan en el acuoso espejo.

Beberé las aguas del claro riachuelo
y oiré el canto del jilguero
y allí me tumbará a soñar
todo el día;

y al llegar la noche me dirigiré
a lugares aptos a la pesadumbre
caminando por el oscurecido valle
con la silenciosa Melancolía.

Canción loca

Los huracanados vientos lloran
y la noche es helada.
Ven aquí, sueño,
y descubre mis penas.

Pero ¡mirad!; la mañana asoma
sobre los riscos orientales;
y las susurrantes aves del alba
desdeñan en verdad la tierra.

¡Mirad!: hacia la bóveda
del cielo empedrado,
cargadas de pesar
son llevadas mis notas.
Impresionan el oído de la noche,
hacen llorar a los ojos del día,
enloquecen a los vientos que braman
y con la tempestad juegan.

Como demonio en una nube,
con aullador dolor,
siguiendo la noche acudo
y con la noche marcharé.
Vuelvo la espalda al este
del que han aumentado los consuelos,
pues la luz se apodera de mi seso,
causándome frenético dolor.

Cantar

Recién salido de la colina cubierta de rocío, el alegre año
sonríe sobre mi cabeza y sube su llameante carro;
en torno a mi joven frente el laurel teje una sombra
y nacientes glorias brillan en torno a mi cabeza.

Mis pies son alados cuando en el prado tocado por el sereno
encuentro a mi niña que se ha levantado, como la mañana.
Oh, benditos sean sus sagrados pies como de ángel;
oh, benditos sus miembros que relucen con celestial luz.

Como ángel que rutila en el cielo
en días de inocencia y sagrada dicha,
el alegre pastor interrumpe su canto agradecido
para escuchar la música de una lengua angelical.

Así, cuando ella habla, la voz del Cielo escucho;
Así, cuando nosotros andamos, nada impuro se aproxima.
Cada campo semeja el Edén y cada calma un retiro;
cada aldea parece lugar de frecuentación de pies sagrados.

Pero aquella dulce aldea donde mi niña de ojos negros
cierra los ojos dormida bajo la sombra nocturna,
siempre que llego, más que mortal fuego
arde en mi alma e inspira mi canto.

Cantar

Cuando la joven mañana se adelanta en gris austero
me apresuro a acudir junto a mi niña de negros ojos.
Cuando la noche se aposenta bajo su enramada en sombra
y dulcemente pasa la hora silenciosa suspirando
sobresalta la campana aldeana, y yo me marcho
y el valle se oscurece con mi dolor pensativo.

Hacia esa dulce aldea, donde mi niña de negros ojos
derrama una lágrima bajo la silenciosa sombra
los ojos vuelve; y, mientras pensativo ando,
maldigo mis negros astros y bendigo mi dulce pena.

A menudo cuando el estío duerme entre los árboles
murmurando apagadas voces a la brisa menguante
doy vueltas a la aldea. Si junto a ella
algún mozo va, presa de orgullo y de júbilo furtivos,
maldigo mis astros con amargo pesar y con dolor,
por haber hecho a mi amada tan alta y a mí tan bajo.

Ah, si una vez me engañara, sus miembros desgarraría
arrojando toca mi compasión al aire ardiente;
maldeciría la brillante fortuna por mi contradictoria suerte
y en paz me dejaría morir para ser olvidado.

A las musas

En la umbría frente de Ida
o en las cámaras del este,
cámaras sol que
ya no entonan la melodía antigua;

aunque por el Cielo vaguemos a placer
o lo hagamos por los verdes rincones de la tierra
o por los azules reinos del aire
donde nacen los vientos melodiosos;

aunque deambulemos por rocas cristalinas
bajo el seno del mar o
por múltiples cavernas de coral,
¡hermosas Nueve, olvidad la Poesía!

¿Por qué habéis abandonado al viajo amor
que los vates antiguos disfrutaban en vosotras?
¡Las lánguidas cuerdas apenas vibran!
¡El sonido resulta forzado y las notas son escasas!

Gwin, rey de Noruega

Venid, reyes, a escuchar mi canto.
Cuando Gwin, hijo de Nore,
a las naciones del norte
su cetro cruel imponía,

los nobles de esas tierras se alimentaban
de los hambrientos pobres.
Les arrebataban el cordero y ahuyentaban
a los necesitados de sus puertas.

<<El país está desolado. Nuestras mujeres
e hijos lloran por pan>>.
¡Rebelaos y deponed al tirano!
¡Humillemos a Gwin!

Gordred, el gigante, interrumpió
el sueño en su caverna.
Sacudió las colinas y en las nubes
los turbulentos estandartes agitó.

Bajo ellos se precipitaron, como negra tempestad,
los numerosos hijos de la sangre
como crías de leones que en tierras lejanas rugen y
buscan por la noche su alimento.

Descienden en terrible tropel por las colinas de Bleron;
sus gritos suben a las nubes;
¡el caballo arrollador y las fragorosas armas
parecen rápidos y poderosos diluvios!

Mujeres y niños lloran a gritos
siguiendo detrás en tumultuosa procesión,
aulladores como espectros, furiosos como lobos,
en el día helado y ventoso.

<<Arrojemos al tirano por los suelos>>,
<<humillemos a Gwin>>,

gritan: <<que diez mil vidas
paguen la cabeza del tirano>>.

De torreón en torreón exclaman los guardias:
<<¡oh Gwin, hijo de Nore,
despierta! Los pueblos, negros
como nubes, llegan, aplastando todo a su paso>>.

Gwin viste su coraza y su palacio estremece.
Sus lugartenientes acuden de todas partes;
cada uno parece un tremendo trueno
y sus voces solemnes resuenan.

Como piedras colocadas en torno a una tumba,
rodean al rey.
De pronto cada uno esgrime su lanza
y se escucha el entrechocar de los aceros.

El labrador abandona su arado
para cruzar los campos ensangrentados
el mercader se toca de acero
y abandona las orillas del comercio.

El pastor deja su dulce caramillo
para hacer resonar la chillona trompeta;
el artesano lanza al suelo su martillo
para izar el sangriento pendón.

Como el alto espectro de Barraton
que retoza en el cielo huracanado,
Gwin dirige a sus huestes, negras como la noche
cuando la peste vuela.

Con caballos y con carros
y al frente de sus temerarios lanceros
marcha al son de dolorida canción.
Como nubes en su torno cabalgan los demás.

Gwin levanta la mano. Los nobles se detienen.

<<¡Preparaos para la lucha!>>, grita.
¡Aparece Gordred! Su fruncido ceño
perturba nuestros cielos septentrionales.

Los ejércitos enfrentados semejan una balanza
sostenida por la mano del Altísimo.
<<Gwin, ya has colmado la medida:
has de ser barrido de la tierra>>.

Enseguida se precipitan los furiosos contendientes
como poderosos mares en guerra.
¡Los cielos se estremecen ante el fragor de la batalla
y el polvo asciende al firmamento!

La tierra despide humos de sangre, gemidos y estremecimientos
al beber la savia de sus hijos.
Un mar de sangre. ¡La mirada no puede
avizorar la temblorosa orilla!

Y junto a ese indómito mar
lloran el hambre y la muerte.
Los llantos de mujeres y niños
se ciernen sobre el campo.

Se ve al rey furioso a lo lejos,
junto a todos sus poderosos hombres;
parecen llameantes cometas que siembran la muerte
en la noche roja y febril.

Bajo su brazo, como corderos, mueren sus enemigos
o gimen en el llano.
La batalla declina; pero aún los hombres ensangrentados
luchan en colinas de muertos.

La muerte ya está harta y los hombres, exhaustos,
se esfuerzan por salvar sus vidas.
¡El corcel cae sobre el corcel y el escudo sobre el escudo,
hundiéndose en este mar de luchas!

El dios de la guerra está ebrio de sangre;
la tierra se desvanece y vacila;
el hedor de la sangre repugna a los cielos.
¡Los espectros sacian la garganta del infierno!

ah, ¿qué justificación los reyes presentan
para el horrible trono
cuando mil muertos venganza reclaman
y los fantasmas gimen sin dejar de acusar?

Cual encendidos cometas celestiales
que estremecen los astros luminosos
haciéndolos caer como frutos a la tierra
a través de la fiera noche ardiente

se enfrentan Gwin y Gordred.
El primer golpe es decisivo:
¡desde la frente hasta el pecho
Gordred hiende la cabeza del rey!

Gwin cae. Todos los hijos de Noruega
que siguen con vida huyen.
Los restantes llenan el valle de la muerta.
Por ellos luchan las águilas.

El río Dorman lleva
hacia el mar septentrional la sangre
que ha enlutado a sus hijos, abrumando
al placentero país del sur.

Imitación de Spenser

Dorado Apolo, que por la amplitud del firmamento
siembras rayos de luz y de verdad,
con lucientes palabras mis cegatos versos engalana
y lava mi terrena mente en tus claras corrientes,
para que el saber pueda bajar en seráficos sueños
mientras las jocundas horas en tu séquito
extienden sus fantasías a los pies de tu poeta;
y cuando cedes a la noche tus amplios dominios
deja que los rayos de la verdad iluminan su mente adormecida.

Pues el tosco Pan en vano habrá de tentarte
con tintineos que buscan que tu nervioso verso
sin sentido suene; en su grosero esfuerzo
(ya que la ignorancia es fregona de la insensatez
y amar a la insensatez no requiere otra maldición),
Midas la lisonja se ha ganado de extendidos cuidados,
gracias a la cual no se considera el peor
al sentarse en el consejo junto a sus modernos pares
y juzgar sonoras rimas y tersas elegancias.

Y tú, Mercurio, que con frente alada
subes hasta lo alto del cielo acogedor
y por las cámaras del Paraíso despliegas tu ágil vuelo,
penetrando con sagrado pie en la altura donde
Júpiter valora los consejos al futuro,
para luego, portador del eterno sino, volverte
como estrella fugaz desde el cielo otoñal
y sobre la superficie del silencioso abismo volar.

Si llegas a la arenosa ribera
en la que solo sibilantes y envidiosas víboras moran,
tu dorada vara lanzada al polvoriento suelo
encantar puede hasta la armonía con poderoso hechizo.
Así es la dulce Elocuencia que disipa
codicia y odio, con sed de humana sangre
y hace que de consuno vivan
viles y salvajes mentes que acechan en solitaria celda.

Oh Mercurio, socorre mi laborioso sentido
qué en torno al círculo del mundo volaría
como el águila alada que desprecia el muro fortificado
de los Alpes en su alto vuelo
y busca por los escondrijos del cielo,
retoza entre nubes para oír el fragor del trueno
y ve los alados relámpagos en vuelo;
luego, en el seno de una nube de ámbar,
abre sus amplias alas buscando el alto palacio de Febo.

Y tú, oh doncella, guerrera invencible
armada con los terrores de Júpiter todopoderoso,
Palas, Minerva, terrible doncella,
¿amas andar por el bosque pacífico y solemne
con la grave melancolía de ramas que se entrecruzan?
¿o paseaste tu Egis por el ardiente campo
donde, como en la mar, se agitan las olas de la batalla?
¿o han contemplado tus suaves y compasivos ojos
al cansado vagabundo que deambula por el desierto?
¿O ha conmovido acaso el hombre atribulado tu seno celestial?

La gallina ciega

Cuando la nieve de plata engalana los vestidos de Susan
y la joya cuelga de la nariz del zagal
la chimenea ruborosa es toda mi preocupación
como también el hogar tan rojo y los muros tan rubios.
<<Amontona el carbón; vamos, amontónalo más alto.
El leño de roble yace en el fuego>>.
Los bancos limpios están dispuestos en semicírculo
con muchacha y con mozo. ¡Qué bien lucen!
El jovial recipiente de cerveza color nogal,
las ruidosas bromas, el cuento de amor,
hasta que, cansados de conversar, dan comienzo al juego.
Las chicas pinchan a los jóvenes con alfileres;
Roger y Dolly quita su escabel.
¡Ella al caer besa el suelo, pobre tonta!
Se ruboriza mucho y mira de reojo
al pecoso Dick, quien lamenta la ocurrencia.
Pero ya claman por la gallina ciega.
De todo obstáculo liberan el recinto;
Jenny su sedoso pañuelo dobla
y el legañoso Will la mala fortuna acepta.
Ya callan las risas. Se oye decir: <<¡Silencio!, ¡Chist!>>
Y Peggy Pout empuja a Sam.
Entre los brazos muy abiertos del ciego
se cuela Sam: <<¡Que el mal caiga
sobre ti, torpe Will!>> ¡Pero Kate quien ríe entre dientes,
está acurrucada en un ajustado rincón!
Y ya los ojos de Will contemplan el juego.
Sam creía que miraba hacia otra parte.
<<¡Ahora, Kitty, ahora! ¡Qué suerte tienes!
¡Roger está muy junto a ti! ¡Por los cielos!>>
Ella le aprisiona y Roger se tapa
la cabeza, aunque no cierra los ojos;
a través de la tenue tela puede ver.
Corre hacia Sam, que elude con facilidad
su torpe manotazo; ¡y mientras eludía a otro,
Sukey va a parar al suelo!
<<¡Ya veis lo que es jugar sucio!

¡Donde hay engaño hay maldad!>>
Pero Roger sigue persiguiendo a su presa.
<<¡Puede ver, puede ver!>>, exclama Grace en voz baja;
¡oh Roger, tú, tan poco diestro,
algo tendrás que hacer!>>
Entonces Kitty, la impertinente, repite las rimas
y Roger le da tres veces la vuelta
para detenerse antes de que se reanude el juego, pero Dick
es la travesura misma:
andando a gatas va a colocarse
en medio de quien lleva vendados los ojos
y grita: <<¡Ejem!>> Hodge lo ha oído y corre
muy esperanzado. Está seguro de atraparlo;
pero se va al suelo. ¡Ah, cuán frágiles
son nuestras mejores esperanzas! ¡Qué rápidamente se esfuman!
Con gotas carmesíes mancha el suelo.
Se desata por doquier la confusión.
El pobre y desgraciado Dick se lleva las manos a la cabeza,
ansioso por enmendar el daño causado;
pero Kitty se apresura a traer una llave
y acuestan al herido de espaldas para aplicarle
el frío alivio. La sangre cesa
y de nuevo Hodge levanta la cabeza.
Así son los altibajos del juego.
Quienes lo practican debieran encauzarlo
mediante reglas adecuadas, como una que imponga
que quien ante el ciego se coloque
se halle de pie. Lo mismo sucedió hace mucho,
cuando los hombres formaron las primeras sociedades;
sin ley vivían, hasta que villanías
y libertades comenzaron a menudear.
Como unos se interponían en el camino de los demás
se sancionaron normas para que el juego fuese limpio.

Canción guerrera para los ingleses

¡Preparad, preparad el férreo caso de guerra;
presentad las fortunas lanzadas al espacioso orbe!
¡El Ángel del Destino con vigorosa mano las desvía
para lanzarlas sobre la tierra en sombras! ¡Preparaos, preparaos!

¡Preparad a vuestros corazones para la yerta mano de la muerta!
¡Preparad a vuestras almas para el vuelo y a vuestros cuerpos para la tierra!
¡Preparad vuestras armas para la victoria gloriosa!
¡Preparad vuestros ojos para ver a un Dios sagrado! ¡Preparaos, preparaos!

¿De quién es ese fatal destino? ¡Creo que es mío!
¿Por qué mi corazón zozobra? ¿Por qué vacila mi lengua?
Si tres vidas tuviese, las tres daría por la causa
y me erguiría con los fantasmas sobre el reñido campo de batalla. ¡Preparaos, preparaos!

¡Prestas están las flechas de Dios Todopoderoso!
¡Los ángeles de la muerte de pie aguardan en los cielos que descienden!
¡Miles de almas deben buscar el reino de la luz
para pasear juntas por las nubes del cielo! ¡Preparaos, preparaos!

¡Preparaos, soldados, que nuestra es la causa del cielo!
¡Preparaos, solados, haceos merecedores de nuestra causa!
Preparaos para el encuentro con nuestros padres en el cielo.
Preparaos, oh tropas que hoy han de caer. ¡Preparaos, preparaos!

Alfred sonreirá, ordenando a su arpa que suene jubilosa;
el normando Guillermo y el culto Clerk,
y Corazón de León y Edward, el de la oscura frente, con
su reina fiel, se incorporarán para darnos la bienvenida. ¡Preparaos, preparaos!

Primera canción del pastor

Bienvenido, extranjero, a este lugar
en que la dicha se posa sobre todas las ramas,
la palidez vuela de todos los rostros.
No cosechamos lo que no sembramos.

A la inocencia le agrada la rosa;
el capullo está en la mejilla de cada doncella;
la virtud crece por su ceño
la joya de la salud adorna su cuello.

Segunda canción del pastor

Cuando los árboles en verdad ríen con nuestro alegre ingenio
y la verde colina ríe al escucharlo;
cuando el prado ríe con verde vivaz
y el saltamontes ríe en medio de la jubilosa escena;

cuando la frondosidad ríe con voz de dicha
y el arroyo, formando hoyuelos, ríe al pasar;
cuando Edessa y Lyca y Emilie
cantan, ha, ha, he, con sus dulces bocas redondas;

cuando los pájaros pintados ríen en la sombra;
donde dispuesta está nuestra mesa con cerezas y avellanas,
venid a vivir y a ser alegres y uníos a mí
para cantar el dulce coro, ha, ha, he.

Tercera canción del viejo pastor

Cuando la nieve de plata engalana los vestidos de Silvio
y la joya cuelga de la nariz del zagal
podemos aceptar la tormenta que azota
y hace temblar nuestros miembros, aunque nuestros corazones se mantengan cálidos.

Mientras la virtud sea nuestro cayado
y la verdad linterna en nuestra senda,
podremos aceptar la tormenta que azota
y hace temblar nuestros miembros, aunque nuestros corazones se mantengan cálidos.

Sopla, bullicioso viento; sereno Invierno, frunce el ceño;
la inocencia es una túnica de invierno:
con ella vestidos aceptaremos la tormenta de la vida que nos azota, nos azota
y hace temblar nuestros miembros, aunque nuestros corazones se mantengan cálidos.

Canciones de Una isla en la Luna

Al comenzar la vieja corrupción
de amarillo vestida,
prostituyó la carne
¡ah, qué malvada bestia!

De eso, un lampiño retoño nació
y la vieja corrupción sonrió
al pensar que su progenie nunca terminaría,
pues ahora tenía un hijo.

Lo llamó Cirugía y lo alimentó
con su propia leche
pero como la carne y él nunca congeniaron
ella no lo dejó mamar.

Eso fue algo que siempre tuvo presente;
y se hizo un retorcido cuchillo
y corrió por doquier con manos ensangrentadas
buscando la vida de su madre.

Y cuando en busca de ella corría
encontró a una mujer muerta.
Se enamoró de ella y se casaron.
¡Un acto que no es común!

Pronto la mujer quedó embarazada y dio a luz
escorbuto y sarampión.
El padre sonrió dando brincos
y diciendo: <<¡Estoy hecho para durar siempre!>>.

<<Pues, ya que me he procurado estos diablillos,
probaré unos experimentos>>.
Enseguida amarró al pobre enfermo
tapándole todas las cavidades.

Cuando el niño comenzó a hincharse
gritó con fuerte voz:

<<he quitado la hidropesía y pronto
haré aún más bien al mundo>>.

Agarró a la fiebre por el pescuezo,
cortó todas las erupciones
y a través de los agujeros que practicó
empezó por descubrir tripas.

Hebe se visitó de Reina de la belleza;
Jellicoe de verde guisante desvaído.
Ambas se sentaron debajo de una gruta
por donde trotaban los corderillos.

Las muchachas bailan y juegan al amor.
Todos los aldeanos galantean.
Susan, Johnny, Bob y Joe
con agilidad bailan en ruedo.

Felices gentes, ¿quién en dicha
se compara a vosotros?
el peregrino de bastón y sombrero
contempla vuestra cabal ventura.

¡Te saludo, Matrimonio, hecho de amor!
¡Hacia tus amplios portales, qué muchedumbre
voluntariamente acude para ser sojuzgada!
Viudas y doncellas y también mozos,
con ligereza se enredan en el pie de la hermosura
o se sientan en el trasero de la belleza.

¡Os saludo, encantadoras criaturas de pie ágil!
Las hembras de nuestras humanas naturalezas
hechas para amamantar a toda la Humanidad.
Sois vosotras las que acudís cuando se os necesita:
sin vosotras no podríamos procrear
ni hallar consuelo.

Si una doncella fuese ciega o coja
o tuviese el cuerpo deformado por mano de la Naturaleza
o fuese sorda o de ojos reventones,
siempre que cuente con un corazón bondadoso,
algún tierno amante hallará
que jadea por una Novia.

¡He aquí a la universal Cataplasma
que cura cuanto se halla desajustado
en alegres doncellas o viudas!

Las hace sonreír, las hace brincar:
como aves al fin libres del moquillo
gorjean y saltan.

¡De modo que acudid, muchachas! ¡Acudid, zagales!
Venid a curaros de todo dolor,
en la dorada jaula matrimonial…

Ser o no ser
de gran intelecto
como *Sir* Isaac Newton,
o Locke o el doctor South,
o Sherlock al morir...
¡Preferiría ser Sutton!

Pues hizo levantar un hogar
para ancianos y jóvenes
con muros de ladrillo y piedra;
amuebló su interior
con cuanto pudo conseguir
y con todo lo que poseía.

Retiró de la Bolsa
su dinero en una caja
y envió a su sirviente
a casa de Green, el albañil
y a la del carpintero.
Era hombre fervoroso.

Las chimeneas eran sesenta
y las ventanas muchas más;
para más comodidad
lavabos y desagües incluyó
y todos los pisos pavimentó
a fin de alejar pestilencias.

¿No fue acaso un buen hombre
cuya vida no fue bastante larga?
Su apellido era Sutton.
¿No resultó tan bueno como Locke o el doctor South,
o como Sherlock al morir
o como *Sir* Issac Newton?

V

Esta ciudad y este país han dado muchos alcaldes
que con autoridad emitieron leyes sentados en sus antiguas poltronas de roble
con rostros tan oscuros como la nuez empapada en cerveza fuerte...
¡Buena hospitalidad inglesa! ¡Ah, por entonces no escaseaba!

Con túnica escarlata y amplios encajes de oro que harían sudar a un agricultor,
con medias arrolladas por encima de la rodilla y zapatos negros como el azabache,
comían carne y bebían cerveza. Ah, eran fornidos y saludables.
¡Buena hospitalidad inglesa! ¡Ah, por entonces no escaseaba!

Sentados a la amplia mesa, el alcalde y sus cabildantes
se sentían aptos para regir la ciudad. Cada uno comía por diez.
Los hambrientos pobres penetraban al recinto para comer buena carne y beber cerveza.
¡Buena hospitalidad inglesa! ¡Ah, por entonces no escaseaba!

Dejadme, oh dejadme con mis pesares;
aquí permaneceré hasta desaparecer
hasta no ser más que un espíritu
y haber dejado esta forma de arcilla.

Entonces vagaré por este bosque
recorriendo campos sin sendas.
A través de la penumbra él verá mi sombra
y escuchará mi voz en la brisa.

Apéndice

A

El pequeño Febo llegó pavoneándose
moviendo su grueso vientre y su barbilla redonda.
¿Qué te gustaría poseer?
¡Ah, ah!
¡No le dejaré marchar así como así!

B

Honor y Genio es cuando pido
¡Nada más solicito a los dioses!
¡Nada más, nada más!
¡Nada más, nada más! *(Los tres filósofos cantan en coro)*

C

¡Enteraos pues de la altivez y el saber de un marinero!
Su espíritu boga con la mayor, el trinquete y la de mesana.
¡Es hombre pobre y endeble… no un dios! No conozco a nadie más débil;
no conozco a pecador más empedernido que John Taylor.

D

¡Mirad! El murciélago de ala de cuero
guiña y parpadea
guiña y parpadea
guiña y parpadea
como el doctor Johnson.

Quid: <<¡Vaya!>> dijo el doctor Johnson
a Escipión el Africano,
si no me reconoces como filósofo…
Suction: <<¡Vaya! al doctor Johnson
dijo Escipión el Africano
(…)
(…)

Y el sótano se hunde dando un paso *(Gran Coro)*

E

Primera voz: ¿Quieres cerillas?
Segunda voz: ¡Sí, sí, sí!
Primera voz: ¿Quieres cerillas?
Segunda voz: ¡No!

Primera voz: ¿Quieres cerillas?
Segunda voz: ¡Sí, sí, sí!
Primera voz: ¿Quieres cerillas?
Segunda voz: ¡No!

F

Pregono mis cerillas hasta por Guildhall
¡Dios bendida al duque y a todos sus regidores!

G

Mientras caminaba cierta mañana de mayo
contemplando los campos, placenteros y alegres,
oh, atisbé a una niña dulce y joven
entre las violetas que tan bien olían.

H

Esta rana quisiera dar un paseíllo amoroso.
¡Kitty sola! ¡Kitty sola!
Esta rana quisiera dar un paseíllo amoroso.
¡Kitty sola! ¡Kitty sola!
¡Tin tan, digo, Kitty sola!
¡Kitty sola! ¡Kitty sola!
¡Sí, digo Kitty sola,
Kitty sola y yo!

I

¡Oye, Joe
lánzanos la bola!
Me dan buenas ganas de marcharme
y dejaros.
Nunca un jugador de bolos como tú he visto.
La lanzas a un cubo y la limpias con mi pañuelo.
Sin decir palabra.

Este Bill es un tonto.
Me ha puesto un ojo negro
y no sabe agarrar el palo de cricket
mejor que un perro o un gato.
Ha destrozado el portillo
y quebrado los postes
y corre descalzo para no gastar sus escarpines.

K

He aquí al doctor Clash
y al Sinior Falalasole.
Oh, ambos barren la caja
y meten lo que hallan en los agujeros de sus bolsas.
¡Fa mi la sol la mi sa sol!

Gran la, pequeño la,
si que salta.
Tocad, tocad.
¡Estáis fuera de tono!
Fa mi la sol la mi fa sol.

Los músicos debieran poseer
un buen par de orejas
y largos dedos, y pulgares
de modo de no parecer torpes osos
¡fa mi la sol la mi fa sol!

¡Caballeros, caballeros!
¡Rascad, rascad, rascad!
¡Tocad el violín, tocad!

¡Clap, clap, clap!
Fa mi la sol la mi fa sol.

L

Un rey coronado
montado en un caballo blanco,
con sus trompetas resonando
y sus pendones flameando
se abre paso por entre nubes de humo
y los gritos de sus miles le llenan el corazón de júbilo y victorias
y los gritos de sus miles le llenan el corazón de júbilo y victorias.
¡Victoria, victoria! Era Guillermo, Príncipe de Orange.

El libro de Thel

Lema de Thel

¿Sabe el águila lo que está en el foso
o irás a preguntárselo al topo?
¿Puede la sabiduría encerrarse en un cetro
y el amor en un cuenco dorado?

Las hijas de Mne Seraphim cuidaban sus soleados rebaños, con excepción de la más joven
que, lívida, buscaba el aire secreto
para desvanecerse como la belleza matutina de su día mortal.
A largo del río de Adona se oye su delicada voz.
De esta manera cae su tierno lamento, similar al rocío de la mañana:

<<¡Oh vida de esta primavera nuestra! ¿Porqué se marchita el loto sobre el agua?
¿Porqué se marchitan estos hijos de la primavera, nacidos sólo para sonreír y caer?
Ah, Thel es como un arco acuoso, como una nube que se aleja,
como la imagen en un espejo, como sombra en el agua,
como el sueño de un niño, como la risa en el rostro juvenil,
como la voz de la paloma, como el día fugitivo, como la música en el aire.
Ah, dulcemente desearía tenderme, con ternura posar mi cabeza
y dormir el sueño de la muerte, y escuchar dulcemente la voz
de aquel que pasea por el jardín al caer la noche>>.

El lirio del valle, que respiraba confundiéndose con la modesta hierba,
respondió así a la hermosa doncella: <<Soy una brizna acuosa, y
pequeñísima, a quien gusta habitar las tierras bajas.
Tan débil soy, que la dorada mariposa apenas puede posarse sobre mi cabeza.
Empero recibo visitas del cielo: aquel que a todos sonríe
camina por el valle, y cada mañana sobre mi extiende su mano diciéndome:
<<Regocíjate, humilde hierba, flor de lirio recién nacida,
gentil doncella de los prados silenciosos y de los tímidos arroyos,
pues de luz te habrán de vestir y te alimentarás con el maná de la mañana;
hasta que el calor del verano te derrita junto a las fuentes y los manantiales,
para florecer en eternos valles. ¿Por qué pues, habría de lamentarse Thel?
¿Por qué dejaría escapar un suspiro la Señora de los valles de Har?
Calló y sonrió entre lágrimas, antes de sentarse en su altar de plata.

Repuso Thel: <<Oh, tú, pequeña virgen del tranquilo valle,
que das a quienes no pueden implorar, a los sin voz, a los exhaustos;
tu aliento nutre al inocente cordero que huele tus prendas lácteas,
y cosecha tus flores mientras tu le sonríes al rostro,
limpiando en su tierna y mansa boca toda mácula.
Tu vino purifica la áurea miel; el aroma
que viertes sobre cada hoja de hierba,

anima el alma de las reses, y doma al corcel de flamígero aliento.
Pero Thel es como una desfalleciente nube que el sol nuevo ilumina:
me esfumo en mi trono perlado. ¿Quién podrá hallar mi lugar?>>

<<Pregunta a mi tierna nube, "reina de los valles">>, repuso el lirio,
<<y te dirá por qué rutila en el cielo matutino
y por qué siembra su belleza brillante en el aire húmedo.
Desciende, pequeña nube, y ciérnete sobre los ojos de Thel>>.

Bajó la nube; el lirio inclinó su tímida cabeza
y se retiró a descansar sobre la hierba.

<<Oh, pequeña nube>>, dijo la virgen <<te conmino a que reveles
por qué no te quejas cuando en una hora te desvaneces:
Cuando el instante pasa, te buscamos sin poder hallarte. Ah, similar eres a Thel,
ya que cuando me voy, nadie me lamenta, nadie escucha mi voz>>.

La nube reveló entonces su dorada cabeza, y así surgió en su refulgente forma,
flotando resplandeciente en el aire, ante el rostro de Thel.

<<Oh, virgen, ¿acaso ignoras que nuestros corceles beben en los manantiales dorados,
dónde Luvah renueva sus caballos? ¿Has contemplado mi juventud
y temes que me desvanezca y nadie pueda ya verme?
Nada permanece, oh doncella. Al morir
me dirijo a una vida consagrada en amor, paz, y sagrado éxtasis.
Invisible desciendo y poso mis ligeras alas sobre las flores aromáticas,
seduciendo al rocío de bello mirar, para que consigo me lleve a su fulgurante morada.
La llorosa virgen, temblorosa, se arrodilla ante el sol que se eleva
hasta que nos levantamos, unidas por una cinta de oro, para no separarnos jamás
llevando por siempre el alimento a nuestras tiernas flores>>.

<<¿Eso haces, pequeña nube? Me temo que no soy como tú.
Yo paseo por los prados de Har saboreando las flores más fragantes,
pero no alimento trémulas hierbas; escucho las aves cantoras,
pero no las nutro; ellas mismas vuelan en busca de sustento.
Sin embargo, Thel ya no se deleita con ello, pues lentamente se va desvaneciendo,
y todos dirán: ¿habrá vivido tan sólo para convertirse en hogar de lascivos gusanos?
La nube se reclinó en su aéreo trono, y así repuso:
Si has de ser alimento de gusanos, virgen de los cielos,
¡cuánta será tu utilidad! ¡Qué amplia tu gracia! Nada de cuanto vive
existe para sí mismo. Nada temas, pequeña. Llamaré
al débil gusano que en su lecho subterráneo yace, para que oigas su voz.
¡Acude gusano, larva del silente valle, junto a tu pensativa reina!>>

El indefenso gusano se asomó, y fue a detenerse sobre la hoja del lirio.
La nube refulgente voló para encontrarse con su compañero en el valle.

IV

El formidable centinela de las eternas puertas alzó la barra septentrional.
Entró Thel y contempló los secretos de la ignota tierra;
vio los lechos de los muertos y el sitio donde la raíz
de cada corazón terreno hinca su incansable serpentear.
Tierra de pesares y lágrimas, donde jamás se viera una sonrisa.

Erró por el país de las nubes atravesando oscuros valles y escuchando
gemidos y lamentos. A menudo se detenía cerca de una tumba, de rocío bañada.
Permaneció en silencio para oír las voces de la tierra.
Finalmente, a su propia tumba llegó, y cerca de ella se sentó.
Escuchó entonces aquella voz del dolor que alentaba en la hueca fosa.
¿Por qué es incapaz el oído de permanecer cerrado a su propia destrucción,
y el rutilante ojo al veneno de una sonrisa?
¿Por qué están cargados los párpados de flechas, donde mil guerreros al acecho yacen?
¿Por qué está el ojo lleno de dones y gracias que siembran frutos y monedas de oro?
¿Por qué la lengua se endulza con la miel de todos los vientos?
¿Por qué es el oído un torbellino que pretende envolver en su seno toda la creación?
¿Por qué la nariz se dilata al inhalar el terror, temblorosa y espantada?
¿Por qué un suave ondular sobre el muchacho vehemente?
¿Por qué una tenue cortina de carne yace sobre el lecho de nuestro deseo?

La virgen dejó su asiento y, lanzando un grito,
huyó desesperada, hasta llegar a los valles de Har.

Tiriel

1

Y el viejo Tiriel se detuvo ante las puertas de su hermoso palacio
(pero oscuros estaban sus otrora incisivos ojos).
Con Myratana, que fuera reina de todas las llanuras occidentales.
Pero ahora sus ojos estaban sombríos. Su mujer se esfumaba rumbo a la muerte.
Se detuvieron ante lo que antaño fuera el delicioso palacio de ambos. Entonces la voz
del anciano Tiriel se elevó para que sus hijos pudiesen oírle desde sus puertas:

<<¡Maldita raza de Tiriel! Contempla a tu (viejo) padre;
¡adelántate y mira a aquella que te parió! ¡Venid, hijos malditos!
En mis débiles (viejos) brazos os he traído a vuestra moribunda madre.
¡Acercaos, hijos de la maldición, acercaos a presenciar la muerte de Myratana!>>

Sus hijos dejaron corriendo las puertas y miraron a sus ancianos padres.
Entonces el mayor de los hijos de Tiriel exclamó, alzando su poderosa voz:

<<¡Anciano! ¡Indigno eres de ser llamado el procreador de la raza de Tiriel!
¡Cada una de tus arrugas y cada una de tus canas
crueles son como la muerte y tan insensibles como el foso devorador!
¿Por qué tus hijos habrían de inquietarse por tus maldiciones, hombre maldito?
¿Acaso no fuimos tus esclavos hasta rebelarnos? ¿A quién le importa la maldición de
Tiriel?
Su bendición fue cruel maldición. Su maldición podría ser una bendición>>.

Callóse. El anciano elevó a los cielos su diestra.
Con su izquierda sostenía a Myratana que (dejaba escapar) se encogía, presa de los dolores
de la muerte.
Abrió más Tiriel sus grandes ojos y su voz siguió diciendo:

<<¡Serpientes sois, no hijos, que os retorceréis en torno a los huesos de Tiriel!
¡Gusanos de muerte, os regaláis ante la carne de vuestro anciano padre!
¡Escuchad! ¡Oíd las quejas de vuestra madre! No más condenados hijos
en el vientre lleva; no sufre por el alumbramiento de Heuxos o de Yuva.
¡Estos son gemidos de muerte, serpientes! ¡Son gemidos de muerte!
¡Os habéis nutrido con su leche, serpientes! ¡Con lágrimas y con cuidados de madre!
¡Mirad mi calva cabeza! ¡Prestad atención! ¡Escuchad, serpientes, escuchad!
¡Ah, Myratana! ¡Ah, esposa mía! ¡Oh alma! ¡Oh espíritu! ¡Oh fuego!
¿Qué, Myratana? ¿Estás muerta? ¡Mirad esto, serpientes, mirad!

Las serpientes surgidas de sus propias entrañas la han resecado a este punto.
¡Que la maldición caiga sobre vuestras despiadadas cabezas, pues aquí mismo la sepultaré!>>

Mientras hablaba comenzó a cavar una fosa con sus envejecidas manos;
pero Heuxos llamó a un hijo de Zazel a fin de que practicara una sepultura para su madre.
<<¡Desiste, anciano cruel, y déjanos prepararte la tumba!
Has rehusado nuestra caridad; has rehusado nuestro alimento;
has rehusado nuestras ropas, nuestros lechos; nuestras casas te negaste a habitar;
has preferido errar, como un hijo de Zazel, por el pedregal
¿Por qué maldecir? ¿No ha recaído acaso la maldición sobre tu propia cabeza?
¿No esclavizaste a los hijos de Zazel? Maldijeron
y ahora lo resientes. Cava la fosa, que nosotros enterraremos a nuestra madre>>.
<<Hela aquí. ¡Tomad el cuerpo, hijos maldecidos; y que los cielos cielos descarguen una lluvia de ira
tan densa como las brumas del norte, sobre vuestras moradas, para ahogaros!
Quiero que yazcáis como ahora vuestra madre yace, como perros expulsados.
Que la hediondez de vuestros despojos inspire asco a hombres y bestias
hasta que vuestros huesos con el tiempo palidezcan y sirvan de recuerdo.
¡No! Vuestro recuerdo ha de perecer. Cuando vuestros despojos
malolientes yazcan sobre la tierra, los sepultureros vendrán del este
y ni un solo hueso de los hijos de Tiriel quedará.
¡Enterrad a vuestra madre, que jamás sepultaréis a la maldición de Tiriel!

Calló y cuando oscurecía buscó su rumbo sin senderos a través de las montañas.

2

Noche y día vagó. Para él día y noche eran oscuros.
Sentía el sol, pero la resplandeciente luna solo era para el inútil círculo.
Por montañas y valles de dolor, el anciano ciego
erró, hasta que aquel que todo lo guía le condujo hasta los valles de Har.

Har y Heva, como niños, tomaron asiento bajo el roble.
Mnetha, ya anciana, de ellos cuidaba. Les daba ropa y alimentos.
Pero eran como la sombra de Har y, como los años, olvido.
Jugando con las flores y correteando tras los pájaros pasaron la jornada
y por la noche como pequeños durmieron, deleitados por sueños infantiles.
Pronto el ciego vagabundo penetró en los gratos jardines de Har
(padre y madre, ya ancianos, le vieron cuando se disponían a jugar)
ambos corrieron, llorosos como chiquillos asustados, a refugiarse en los brazos de Mnetha.

El ciego exclamó, buscando a tientas su camino: <<La paz sea con quienes estas puertas abran!
Que nadie me tema, pues el pobre y ciego Tiriel solo se daña a sí mismo.
Decidme, amigos, ¿dónde estos? ¿En que ameno lugar?>>

<<Este es el valle de Har>>, dijo Mnethe, <<y esta es la tienda de Har.
¿Quién eres tú, pobre ciego, que dices llamarte Tiriel?
Tiriel es el rey de todo occidente. ¿Quién eres? Yo soy Mnetha
y quienes tiemblan como niños a mi lado son Har y Heva>>.

<<Sé que Tiriel es el de Occidente y que allá vive dichoso.
Poco importa mi nombre, oh Mnetha; dame algún alimento
pues desfallezco. Mucho he viajado para llegar hasta aquí>>.
Entonces dijo Har: <<Oh Mnetha, madre, no te acerques mucho a él,
que es el rey del bosque putrefacto y de los huesos de la muerte.
Vaga sin ver pero atravesar puede gruesos muros y fuertes puestas.
¡No golpearás a mi madre Mnetha, oh tú, hombre sin ojos!>>.

<<Oh venerable, oh miserable y tan funesto día.
Un vagabundo soy que pide de comer. Ya lo veis: llorar no puedo.
Pero sí arrodillarme ante vuestra puerta. Soy un hombre indefenso.
Arrojo de mí el cayado que afectuoso compañero de viaje fuera
y me dejo caer de rodillas para que veáis que soy inofensivo>>.

Se prosternó y Mnethe dijo: <<Ea, Har y Heva, poneos de pie.
¡Es un anciano inocente y está hambriento tras tanto viajar!
Har se incorporó y fue a posar su mano sobre la cabeza del viejo Tiriel.

<<¡Que Dios bendiga tu pobre cabeza calva!
¡Que bendiga tus ojos huecos que parpadean!
¡Que Dios bendiga tu barba ensortijada! ¡Que bendiga tu frente cubierta de arrugas!
No tienes dientes, anciano. Beso tu cabeza bruñida y calva.
Ven, Heva, a besar su calva cabeza. No nos hará daño>>.
Heva fue hacia ellos y llevaron a Tiriel hasta la madre, que les esperaba con los brazos
abiertos.

<<¡Benditos sean tus pobres ojos, anciano, y bendito el viejo padre de Tiriel!
Eres el viajo padre de mi Tiriel; te reconozco por tus arrugas,
porque hueles como la higuera, porque hueles como el higo maduro.
¿Cómo fue que perdiste tus ojos, viejo Tiriel? ¡Bendito sea tu arrugado rostro!>>

(El anciano Tiriel no acertaba a hablar. Su corazón rebosaba pesadumbre.
Luchó contra la pasión que en él crecía, pero siguió sintiéndose incapaz de hablar).

Dijo Mnetha: <<¡Entra, anciano errabundo! Dinos tu nombre
¿Por qué habrías de ocultarte de quienes son de tu misma sangre?>>
<<No soy de estos parajes>>, dijo Tiriel, fingiendo,
(temía decirles quién era a causa de la debilidad de Har)
<<soy un viejo vagabundo, padre de una raza afincada
lejos, hacia el norte; pero mis hijos fueron perversos y fueron destruidos y
yo, padre de ellos, fui desterrado. Os he contado todo;
no me preguntéis nada más, os suplico. El dolor ha sellado mi preciada visión>>.
<<¡Oh, señor!>>, dijo Mnetha. <<¡Cómo me estremezco! ¿De modo que hay más personas,
más humanas criaturas en esta tierra, fuera de los hijos de Har?>>
<<Ya no las hay>>, repuso Tiriel, <<pero yo permanezco en todo este orbe
y sigo siendo un paria. ¿Tienes algo de beber?>>
Mnetha le dio leche y frutas y juntos se sentaron.

3

Se sentaron a comer. Har y Heva sonrieron a Tiriel.

<<Eres muy, muy viejo; pero yo lo soy más que tú.
¿Cómo fue que perdiste el pelo de tu cabeza? ¿Por qué está tan oscuro tu rostro?
Mis cabellos son larguísimos y la barba me cubre todo el pecho.
¡Que bendiga Dios tu rostro que compasión inspira! Contar en él las arrugas
sería difícil, aun para Mnetha. ¡Bendito sea tu rostro, pues tú eres Tiriel!>>

(Tiriel apenas podía ya disimular y contener la lengua;
pero seguía temiendo que Har y Heva muriesen de dicha y dolor).

<<Solo una vez vi a Tiriel. Juntos comimos.
Estaba jubiloso como un príncipe y me divirtió,
mas no permanecí mucho tiempo en su palacio, ya que estoy obligado a vagar>>.

<<¡Cómo! ¿También a nosotros nos dejarás?>>, dijo Heva,
<<no nos dejarás como a los demás;
te enseñaremos a jugar y a cantar muchas canciones
y después de cenar penetraremos en la jaula de Har.
Nos ayudarás a atrapar pájaros y a recoger cerezas maduras.
Te llamaremos Tiriel. Nunca nos dejarás>>.

<<Si te marchas>>, dijo Har, <<quisiera que tuvieses ojos que vieran tu insensatez.
Mis hijos me abandonaron; ¿no te abandonaron los tuyos? ¡Oh, cuánta crueldad!>>

<<¡No, hombre venerable!>> exclamó Tiriel, <<no me pidas eso,
que harás sangrar mi corazón. Mis hijos no eran como los tuyos,
sino peores. ¡Ah, no me preguntes eso otra vez, o tendré que huir!>>
<<No te marcharás>>, dijo Heva, <<hasta haber visto a nuestros pájaros cantores,
oído cantar a Har en la gran jaula y haber dormido sobre nuestros vellones.
¡No te vayas! Tanto te asemejas a Tiriel que amo tu cabeza,
aunque arrugada se la vea como la tierra resecada por el calor del estío>>.

Tiriel dijo, poniéndose de pie: <<¡Que Dios bendiga estas tiendas!
(Que Dios bendiga a mis benefactores; pero no puedo demorarme más)
viajo por pedregales y montañas, no por agradables valles.
No puedo dormir ni descansar. Me acechan la locura y el desaliento>>.

Mnetha dijo: <<No debes errar solo en la oscuridad.
Quédate con nosotros y deja que seamos tus ojos.
Te serviré alimentos, anciano, hasta que la muerte aquí te visite>>.

Tiriel frunció el ceño: <<¿No te he dicho>>, repuso, <<que la locura y el hondo desánimo
poseen el corazón del ciego?
¿Del vagabundo que (…), busca los bosques apoyado en su báculo?>>
Entonces Mnetha, estremeciéndose ante su mirada, le acompañó hasta la puerta de la tienda
y le dio su cayado y le bendijo. Tiriel siguió su camino.

Entonces Mnetha le acompañó hasta la puerta y le dio su cayado.
Har y Heva, de pie, le vieron penetrar en el bosque
y se fueron enseguida a llorar con Mnetha; pero no tardaron en olvidar sus lágrimas.

4

Por las fatigosas colinas el ciego labró su solitaria senda
para él, día y noche eran por igual oscuros y desolados.
No había ido lejos cuando Ijim salió de su bosque
yendo a su encuentro, en un camino sombrío y solitario, a la entrada de la espesura.

<<¿Quién eres, miserable ciego, que de tal modo obstruyes la senda del león?
¡Ijim desarticulará tu débil ensambladura, provocador del oscuro Ijim!
Tienes la apariencia de Tiriel, mas bien te conozco.
¡Fuera de mi camino, asqueroso demonio! ¿Constituye tu último engaño,
hipócrita, tomar la forma de un ciego mendigo?>>

El anciano oyó la voz de su hermano y se postró de hinojos.
<<¡Oh hermano Ijim, si suya es la voz que me habla,
no golpees a tu hermano Tiriel, agotado de vivir!
Ya mis hijos me han golpeado. Si también tú lo hicieras,
la maldición que sobre sus cabezas pesa, también recaerá sobre la tuya.
Ha siete años que en mi palacio tu rostro contemplé.
(Siete años de dolor. Luego la maldición de Zazel)>>.

<<¡Basta ya, oscuro demonio. Tu astucia desafío. Has de saber que Ijim desprecia
golpearte bajo forma de anciano indefenso que simula estar ciego.
Levántate, que te conozco y hago a un lado tu lengua elocuente.
Ven: te mostraré el camino y te usará como burla!>>

<<Oh, hermano Ijim; ante ti tienes al mísero Tiriel.
¡Bésame, hermano mío, y deja que vague desolado!>>

<<¡No, taimado demonio! En cambio te guiaré. ¿Quieres marcharte?
Nada respondas, que en tal caso te ataré a las verdes hierbas del arroyo.
Ahora que te he desenmascarado, te usaré como esclavo>>.

Al oír las palabras de Ijim, Tiriel no intentó responder.
Sabía que era vano: las palabras de Ijim eran como la voz del destino.

Y juntos anduvieron por colinas y por cañadas pobladas de árboles,
ciegos a los placeres de la vista y sordos al melodioso canto de los pájaros.
Todo el día caminaron y toda la noche bajo la luna placentera,

dirigiéndose al oeste, hasta que el cansancio fue haciendo presa de Tiriel.

<<¡Ah, Ijim, desfalleciendo estoy y abrumado. Mis rodillas se niegan
a llevarme más allá. No me apresures, que podría morir durante el viaje.
Anhelo un poco de descanso y agua de algún arroyo.
De otro modo no tardaré en descubrir que soy hombre mortal
y tú perderás a Tiriel, al que un día amaras. ¡Ah, qué agotado estoy!>>

<<Descarado demonio>>, dijo Ijim, <<¡guárdate tus zalamerías y contén tu lengua
elocuente!
Tiriel es rey y tú el tentador del sombrío Ijim.
Bebe en ese riachuelo presuroso. Te llevaré en hombros>>.

Bebió Tiriel e Ijim le alzó, sentándole sobre sus hombros.
Durante toda la jornada le llevó; y al correr la noche su solemne cortinaje
llegaron a las puertas del palacio de Tiriel. Se detuvieron e Ijim gritó:

<<¡Sal, Heuxos, que hasta aquí he traído al demonio que atormenta a Ijim.
¡Mira! ¿Nada te dicen esta barba can ni estos cegados ojos?>>

Heuxos y Lotho corrieron al oír la voz de Ijim
viendo a su anciano padre a horcajadas de los hombros de Ijim.
Sus lenguas persuasivas estaban inmóviles y sudorosos permanecieron, con piernas que
temblaban.
Sabían que vano era luchas con Ijim. Se inclinaron sin decir palabra.

<<¡Vamos, Heuxos, llama a tu padre, que me propongo cazar esta noche!
Aquí tienes al hipócrita que a veces ruge como temible león.
Pude arrancarlo los miembros y dejarle pudrir en el bosque
para que le devoraran los pájaros; pero preferí dejar el lugar.
Sin embargo como tigre me siguió. Volví a vencerle.
Entonces, como río buscó ahogarme en sus aguas,
pero no tardé en luchar victoriosamente contra las olas.
Luego, como nube,
se cargó con las espadas del relámpago; más también desafié la venganza.
Entonces reptó como una lustrosa serpiente, hasta enroscarse en torno a mi cuello
mientras dormía. Estrujé su venenosa alma.
Luego se hizo sapo y lagartija para susurrarme palabras al oído,
o en forma de roca se interpuso en mi camino. Otras veces tomó forma de mata venenosa.

Por fin le atrapé cuando asumía la apariencia de Tiriel, ciego y anciano.
¡Así lo he preservado! ¡Tomad a vuestro padre! ¡Venid a buscar a Myratana!>>

Los dos hermanos permanecieron donde estaban, sin acertar a hacer nada. Entonces Tiriel
alzó su dorada voz:
<<¡Serpientes, que no hijos! (ya veis… vuestro padre) ¿Qué hacéis ahí, inmóviles? ¡Venid
a buscar a Tiriel!
¡Venid a buscar a Miyratana y a divertiros con este hazmerreír!
Tiriel, pobre ciego, ha vuelto y su tan maltratada cabeza
pronta se halla a soportar vuestros amargos vilipendios ¡Venid, hijos de la maldición!>>

Mientras Tiriel hablaba, sus hijos corrieron a él,
asombrándose por la tremenda fortaleza de Ijim. Sabían qué vanos eran lanza, escudo y
cota de malla
cuando Ijim alzaba su vigoroso brazo. Las flechas su cuerpo
devolvía y la punzante espada se quebraba al encontrar su carne desnuda.
Entonces Ijim dijo: <<¡Lotho, Clithyma, Makuth, venid a buscar a vuestro padre.
¿Por qué os quedáis tan confundidos? ¿Por qué callas, Heuxos?>>

<<¡Oh, noble Ijim, has traído a nuestro padre hasta nuestros ojos
para que nos estremezcamos y hagamos gala de arrepentimiento postrados ante tus rodillas
poderosas.
Apenas somos los esclavos de la Fortuna y este hombre tan cruel
nuestra muerte desea. ¡Oh, Ijim! Este es aquel cuya añosa lengua
engaña al noble. Si la elocuente voz de Tiriel
ha labrado nuestra ruina, no nos rendimos ni luchamos contra la dura suerte>>.
Así habló, arrodillándose. Entonces Ijim sobre el suelo dejó al anciano Tiriel, quien
cavilaba si lo que sucedía era real o no.

<<¿Es pues cierto, Heuxos, que abandonaste a tu anciano padre
al capricho de los vientos invernales?
Es una patraña y soy como el árbol que el viento retuerce.
¡Tú ciego demonio, y vosotros, simuladores! ¿Es esta la casa de Tiriel?
Eso es tan falso como Matha y tan tenebroso como el vacuo Orcus.
¡Huid, demonios! Ijim no alzará su mano contra vosotros>>.

Así habló Ijim y, con aspecto tenebroso, se volvió para buscar en silencio
la secreta floresta. Toda la noche vagó por sendas desoladas.

El viejo Tiriel dijo, poniéndose de pie: <<¿Dónde duerme el rayo?
¿Dónde oculta su horrible cabeza? ¿Y dónde sus ágiles y fieras hijas
amortajan sus fieros vientos y los terrores de sus cabellos?
¡Tierra, así, con el pie, golpeo tu seno! ¡Despierta al terremoto que en su antro duerme
para que alce su oscuro y ardiente rostro por las crestas del suelo;
para que levante estas torres con sus hombros y ordene a sus llameantes sabuesos
que broten del centro de la tierra vomitando llamas, rugidos y tenebroso humo!
¿Dónde estás, Plaga, que en nieblas y aguas estancadas te bañabas?
¡Despierta tus indolentes miembros y permite que el más repugnante de tus venenos
caiga de tus ropas mientras andas, envuelta en amarillentas nubes!
Aquí toma asiento, en este amplio patio. Que sea sembrado de muerte.
¡Siéntate a reír de estos malditos hijos de Tiriel!
Rayo, fuego, pestilencia, ¿no oís la maldición de Tiriel?>>

Calló. Espesas nubes rodeaban en desorden las altas torres
haciendo oír sus enormes voces como eco a la maldición paterna.
Tembló la tierra. El fuego brotó de las grietas abiertas
y al cesar los temblores, la niebla se apoderó de la región maldecida.
El palacio de Tiriel se pobló de exclamaciones. Sus cinco hijas corrían
y le agarraban por las ropas mientras derramaban lágrimas de amargo dolor.

<<¡Ay! ¡Ahora que sufrís la maldición, lloráis! ¡Si todos los oídos fuesen sordos
como los de Tiriel y todos los ojos tan ciegos como los suyos a vuestro dolor!
¡Que nunca más las estrellas titilen sobre vuestros tejados! ¡Que ni el sol ni a luna
os visiten y que nieblas eternas envuelvan vuestros muros!
Tú, Hela, que eres la menor de mis hijas, me conducirás lejos de este lugar.
¡Que la maldición caiga sobre el resto y a todos comprenda!>>
Calló. Hela guió a su padre, alejándole del bullicioso sitio.
Presurosos huyeron, mientras los hijos e hijas de Tiriel,
encadenados en la espesa penumbra, lanzaban plañideros gritos durante la noche entera.
¡Y al llegar la mañana, cien hombres aparecieron, imágenes vivas de la tétrica muerte!
¡Las cuatro hijas y todos los niños en sus lechos
estaban tendidas sobre el suelo de mármol, calladas,
víctimas de la peste! Los demás, atontados, daban vueltas, llenos de culpable temor
y las vidas de todos los niños quedaron sesgadas en una sola noche.
Treinta hijos de Tiriel quedaron para mitigarse en el palacio,
desesperados, repulsivos, mudos, perplejos, en espera de la negra muerte.

III

Thel contempló asombrada al gusano en su lecho, bañado de rocío.
<<¿Gusano eres? Tú, emblema de la fragilidad, ¿eres sólo un gusano?
Te veo como un niño envuelto en la hoja de lirio.
Ah, no llores, diminuto, que si no puedes hablar eres capaz de llorar.
¿Es esto un gusano? Te veo, inerme y desnudo, llorando
sin que nadie te responda, sin que nadie te reconforte con maternal sonrisa>>.

El terrón de arcilla escuchó la voz del gusano y alzó su cabeza generosa.
Inclinándose sobre el lloroso infante, la madre del gusano su vida exhaló
en lácteo afecto; luego dirigió a Thel sus humildes ojos.
<<¡Oh, belleza de los valles de Har!>> No vivimos para nosotros mismos.
Ante ti tienes a la cosa más irrisoria, pues eso soy en realidad;
mi seno está frío de sí mismo, y de sí mismo oscuro.

Pero aquel que lo humilde ama, unge mi cabeza
y me besa, tendiendo sus cintas nupciales en torno a mi pecho,
mientras dice: <<Madre de mis hijos, te he amado
y te he regalado una corona que nadie podrá arrebatarte.
Cómo es esto, dulce doncella, es algo que ignoro y que averiguar no puedo.
Reflexiono y no puedo pensar. Sin embargo, vivo y amo>>.

La Hija de la Belleza enjuagó sus compasivas lágrimas con su velo blanco,
diciendo: <<Ay, nada sabía de esto, y en consecuencia lloraba.
Sabía, sí, que Dios amaba al gusano y que castigaba al pie malvado,
si caprichosamente hería su indefenso cuerpo; pero que le regalara
con leche y aceite, lo ignoraba, y de ahí mi llanto.
Al aire tibio lanzaba mi queja porque me esfumaba,
tendida en tu lecho yerto dejaba mi luminoso reino>>.

<<Reina de los valles>>, repuso el terroso gusano, <<he oído tus suspiros,
tus lamentos sobrevolaron mi tejado y los llamé para que bajaran.
¿Quieres, oh reina, entrar en mi casa? Dueña eres de penetrar en ella,
y de volver. Nada temas. Entra con tus virginales pies>>.

6

Hela guió a su padre a través del silencio nocturno,
azorada y muda, hasta que la luz de la mañana apuntó.
<<Ahora, Hela, puedo ir con buen ánimo a vivir con Har y Heva,
ya que la maldición acabará para siempre con mis culpables hijos.
Este es el acertado y acogedor camino: lo reconozco por el sonido
de nuestros pies. Recuerda, Hela, que te he salvado de la muerte.
Obedece apues a tu padre, que te ha librado de la maldición.
He morado con Myratana durante cinco años en el pedregal desolado;
durante todo ese tiempo hemos esperado que cayera el fuego del cielo
o que los torrentes del mar entero os cubrieran.
Pero hoy mi esposa está muerta y el tiempo de la gracia ha pasado.
Ya has visto la consecuencia de la maldición paterna.
Condúceme ahora al lugar que te he señalado>>.

<<¡Oh cómplice de los malignos espíritus, maldito pecador!
Cierto que esclava tuya nací; pero ¿quién te ha pedido que me preservaras de la muerte?
Lo hiciste pensando en ti, hombre cruel: porque necesitabas mis ojos>>.
<<Cierto, Hela: este es el desierto de todos los seres desalmados.
¿Es desalmado Tiriel? Mira: su hija menor
ríe del afecto, glorifica la rebelión, se mofa del amor.
No he comido en estos dos días. Llévame a la tienda de Har y Heva
o te cubriré de una maldición paterna tan tremenda
que en tus tuétanos sentirás reptar los gusanos por tus huesos.
Pero no. ¡Me guiarás! ¡Llévame, te lo ordeno, a casa de Har y de Heva!>>

<<¡Oh cruel! ¡Oh destructor! ¡Oh acosador! ¡Oh vengador!
Hasta Har y Heva te llevaré ¡que ellos terminen maldiciéndote!
¡Que te maldigan como tú has maldecido, aunque ellos no son como tú!
Santos son, y perdonan; rebosan amante misericordia
y olvidan las ofensas de sus más díscolos hijos.
De otro modo, no habrías vivido para maldecir a tus hijos indefensos>>.
<<A los ojos mírame, Hela, y advierte, ya que tienes ojos que ven,
las lágrimas que manan de mis pétreos manantiales. ¿Por qué lloro?
¿Por qué mis órbitas ciegas no te dirigen venenosos dardos?
¡Ríe, serpiente, tú que eres el más joven de los reptiles que llevan sangre de Tiriel!
¡Ríe, que Tiriel, tu padre, causa te dará para que llores

a menos que le lleves a la tienda de Har! ¡Hija de la maldición!>>
<<¡Silencia tu perversa lengua, asesino de hijos inermes!
A la tienda de Har te conduzco. No porque tema tu maldición,
sino porque presiento que te habrán de maldecir y que colgarán tus huesos caídos.
Entonces, en cada arruga de ese rostro tuyo
se darán cita los gusanos de la muerte>>.

<<Escucha, Hela, hija mía. Eres hija de Tiriel.
Tu padre clama y eleva su mano al cielo
porque te has mofado de sus lágrimas y le has maldecido, a él, que es un anciano.
¡Que las serpientes broten de tus firmes rizos y rían recorriéndolos!>>
Calló. Los oscuros cabellos de Hela se erizaron y las serpientes rodearon
se frente. Creyó enloquecer. Sus alaridos parecieron conmover el alma de Tiriel.

<<¿Qué he hecho, Hela, hija? ¿Tanto temes mi maldición?
De no ser así ¿por qué gritas? ¡Ah miserable! ¡Maldecir a tu anciano padre!
Llévame a la casa de Har y Heva y la maldición de Tiriel
dejará de obrar. ¡Si te niegas, quédate aullando en estas montañas baldías!>>

Hela, gimiendo, le condujo a través de montañas y de siniestros valles
hasta que cierto atardecer llegaron a la vista de las cavernas de Zazel.
De ellas salieron corriendo los hijos de Zazel y el viejo Zazel al ver
a su tiránico príncipe ciego y a su hija que, sin dejar de lamentarse, le servía de lazarillo.
Y rieron, burlándose. Algunos les arrojaron basuras y piedras cuando pasaron cerca;
pero al volverse Tiriel y alzar su terrible voz
algunos huyeron; pero
Zazel permaneció sereno y comenzó a hablar así:

<<¡Calvo tirano, arrugado y taimado! ¡Escucha las cadenas de Zazel!
¡Tú fuiste quien encadenó a tu hermano Zazel! ¿Dónde están ahora tus ojos?
¡Grita, hermosa hija de Tiriel! ¡Hermosa tonada cantabas!
¿Adónde vais? Venid a comer raíces y a beber un poco de agua.
Tu craneo está despoblado, anciano; el sol secará tus sesos
y llegarás a ser tan tonto como el tonto de tu hermano Zazel>>.

El ciego, al escucharle, se golpeó el pecho y, estremeciéndose, siguió su camino.
Les arrojaron basuras hasta que al refugio de un bosque
la triste doncella condujo a su padre. Moraban en él bestias salvajes
y allí esperaba ella poner fin a sus pesares; pero los tigres huyeron al oír sus gritos.
Toda la noche erraron por el bosque y, al despuntar el alba,
comenzaron a escalar las montañas de Har. Al mediodía, las jubilosas tiendas
se horrorizaron al oír, provenientes de la montaña, los lúgubres gritos de Hela.
Pero Har y Heva dormían, libres de temor, como niños apoyados al amante seno.
Mnetha despertó. Corriendo fue hasta la puerta de la tienda y vio
al anciano vagabundo, que guiaban a su casa. Tomó su arco
y escogió sus flechas, tras lo cual fue al encuentro de la terrible pareja.

Y Mnetha se apresuró a reunirse con ellos en la puerta del jardín inferior.
<<¡No os mováis, o de mi arco recibiréis aguda y alada muerte!>>
Tiriel se detuvo y dijo: <<¿Qué dulce voz amenaza con tan amargas frases?
Llevadme hasta Har y Heva, que soy Tiriel, rey del oeste>>.
Entonces Mnetha les guió a la tienda de Har.
Har y Heva corrieron a la puerta. Al palpar Tiriel los tobillos del anciano Har dijo:
<<¡Oh débil y equivocado padre de una raza sin ley!
Tus leyes, oh Har, y la sabiduría de Tiriel, juntas terminan en maldición.
¿Por qué una misma ley para el león y para el buey paciente?
¿Acaso no ves que todos los hombres no pueden concebirse iguales?
Algunos tienen el ancho de las ventanas de la nariz y exhalan sangre. Otros
encierran engaño, aspirando los venenos de la rosa matutina
con dagas ocultas bajo los labios y el veneno en sus bocas.
Otros fueron dotados de ojos que despiden chispas infernales o de infernales teas
ardientes de inconformidad y de males que sumen en negro desaliento.
Otros, por fin, tienen bocas semejantes a las tumbas y dientes que son las puertas de la
muerte eterna.
¿Puede la sabiduría encerrarse en un cetro de plata o el amor en un cuenco dorado?
¿Se abriga sin lana el hijo de reyes? ¿Llora con voz profunda? ¿Mira el soy y ríe
o tienda sus manos a las profundidades del mar para extraer
la mortal malicia del escamoso lisonjero y tenderla a la luz del alba?
¿Por qué corretean los hombres bajo los cielos en forma de reptil
como gusanos de sesenta inviernos que reptan sobre el suelo oscuro?
El niño surge del seno materno, su padre le espera, dispuesto, para moldear
la cabeza infantil mientras la madre juega indiferente con su perro en el lecho:
el joven pecho está frío por falta de alimento materno,
se ve privada la llorosa boca. Con dificultad y dolor
levantan los pequeños párpados y abren sus diminutas ventanas de la nariz;
el padre confecciona un latiguillo para animar a los indolentes sentidos
aleja a azotes toda fantasía juvenil del recién nacido;
luego pasea al débil pequeño en su dolor, obligado a contar los pasos en la arena.
Y cuando el zángano ha alcanzado su mayor longitud,
aparecen las zarzamoras y envenenan todo el entorno.
Así era Tiriel,
obligado a la plegaria, repugnante, y a humillar el espíritu inmortal
hasta tornarme sutil como la serpiente en su paraíso
que todo lo consume: flores y frutos, insectos y canosos pájaros.

Ahora mi paraíso ha caído y una terrible planicie arenosa
convierte mis sedientos silbidos en maldición contra ti, oh Har,
padre equivocado de una raza sin ley. Mi voz se desvanece>>.
Dejó de hablar y, tendido a los pies de Har y Heva, halló horrenda muerte.

Cantos de inocencia

Introducción

Tocando mi flauta por los valles indómitos
Tocando canciones placenteras y jubilosas
en una nube vi a un niño
que riendo me dijo:

<<¡Toca un cantar que hable de un cordero!>>
Y yo lo toqué con feliz brío.
<<Flautista, sopla otra vez ese cantar>>;
volví a entonarlo; pero al escucharme lloró.

<<Deja tu flauta, tu alegre flauta,
y canta tus canciones de alegres acentos>>.
Volví pues a cantar lo mismo
mientras él escuchaba llorando de alegría.

<<Siéntate y escribe
eso es un libro para que todos puedan leerlo>>.
Se desvaneció de mis ojos
y yo tomé un junco hueco.

Hice entonces una tosca pluma
y manché las claras aguas
y escribí mis felices cantos
para que todos los niños se alegren al oírlos.

Un sueño

Cierta vez un sueño trenzó una sombra
sobre mi cama, que un ángel guardián custodiaba;
un hada perdió su rumbo
por la hierba donde creía hallarme tendido.

Turbada, confundida y solitaria,
sorprendida por la noche, exhausta,
enredada entre múltiples matas
y llena de desconsuelo, le oí decir:

<<¡Oh, hijos míos! ¿Lloran?
¿Escuchan los suspiros paternos?
Ora miran al infinito,
Ora regresan y lloran por mí>>.

Compasivo, derramé una lágrima,
pero vi a una luciérnaga cercana
la cual preguntó: <<¿Qué chillona criatura
llama al guardián de la noche?>>

<<Me dispongo a alumbrar la tierra
mientras el escarabajo hace ru ronda;
sigue tú del escarabajo el zumbido.
El pequeño vagabundo te guiará hasta tu hogar>>.

La niña perdida

En el futuro
proféticamente veo
que la tierra del sueño
(grave y profunda sentencia)

se levantará en busca
de su manso hacedor;
y el desierto salvaje
se tornará en ameno jardín.

En el reino meridional
donde la plenitud del estío
nunca se desvanece,
la bella Lyca yace.

Siete veranos de edad
la amable Lyca cuenta.
Ha deambulado mucho
y oído la canción del pájaro silvestre.

<<Dulce sueño, ven a mí
que estoy bajo este árbol.
¿Lloran su padre y su madre?
¿Dónde dormirá Lyca?>>

<<Perdida en salvaje desierto
está vuestra pequeña.
¿Cómo puede Lyca dormir
si su madre llora?>>

<<Si el corazón le duele,
que despierte Lyca.
Si mi madre duerme,
Lyca no llorará>>.

<<Ceñuda, ceñuda noche,
brilla sobre este desierto.

Que tu luna se levante
mientras cierro yo los ojos>>.

Dormida Lyca yace
mientras las bestias de presa,
salidas de lo profundo de sus cavernas,
contemplan a la doncella dormida.

El regio león se detuvo
y a la virgen observó.
Brincó luego a su alrededor
sobre la tierra consagrada.

Leopardos y tigres juegan
en torno a ella mientras descansa,
al tiempo que el viejo león
inclina su melena dorada.

Su seno lame
y sobre su cuello
de los ojos llameantes de la fiera
caen lágrimas de rubí.

Entretanto la leona
suelta el sutil vestido de la niña
y ambos desnuda conducen
a la durmiente doncella hacia sus cuevas.

La niña hallada

Toda la noche, dolientes,
van los padres de Lyca
por profundos valles
mientras lloran los desiertos.

Cansados y transidos de angustia,
roncos de tanto gemir,
del brazo, durante siete días
recorrieron los caminos del desierto.

Siete noches durmieron
entre profundas sombras
soñando que veían a la pequeña
morir de hambre en el desierto salvaje.

Pálida, por tierras sin caminos,
la imaginada imagen vaga,
famélica, llorosa, débil,
lanzando cavernosos y lastimeros gemidos.

Venciendo su inquietud
la temblorosa mujer continuaba,
con pies de cansada pena;
no podía ya ir más lejos.

En sus brazos la lloraba
armado con su dolor;
hasta que delante del camino
vieron un león acostado.

Volver atrás ya era vano;
pronto la pesada melena del león
les lanzó al suelo.
Lego se puso al acecho,

husmeando su presa.
Pero los temores de los dos humanos desaparecieron

cuando les lamió las manos.
Silencioso permaneció luego cerca de ellos.

Miraron sus ojos
llenos de profunda sorpresa
y maravillados contemplaron
un espíritu armado de oro.

Sobre su cabeza, una corona;
colgando de sus hombros
caía el áureo pelo.
Sus temores desaparecieron.

<<Seguidme>>, dijo,
<<no lloréis por la doncella.
En las profundidades de mi palacio
Lyca duerme>>.

Siguieron entonces
a la visión
viendo a la durmiente niña
en medio de tigres salvajes.

Desde ese día moraron
en un valle solitario
sin temer el alarido del lobo
ni el rugir de los leones.

El cordero

Corderillo ¿quién te hizo?
¿Sabes quién te hizo?
¿Quién te dio vida y te alimentó
junto al arroyo y en los prados?
¿Quién te brindó deliciosas ropas,
de lana suave y alegres?
¿Quién te dio voz tierna
y capaz de regocijar todos los valles?
¿Quién te hizo, corderillo?
¿Sabes quién los hizo?

Corderillo, te lo diré;
corderillo, te lo diré;
le llaman por tu nombre,
pues él mismo se dice Cordero.
Es humilde y mando.

Tomó la forma de un niño.
Yo, un niño, y tú, un cordero,
somos llamados por el mismo nombre,
¡Que Dios te bendiga, corderillo!
¡Que Dios te bendiga, corderillo!

El capullo

¡Dichoso, dichoso gorrión!
Bajo el follaje verde intenso
un feliz capullo
ve que, vivaz cual flecha,
buscas tu estrecha cuna
junto a mi pecho.
¡Bonito, bonito petirrojo!

Bajo el follaje verde intenso
un feliz capullo
te oye sollozar, sollozar.
Bonito petirrojo, bonito petirrojo
junto a mi pecho.

El Prado de los Ecos

El sol se eleva
y hace feliz al cielo;
resuenan las alegres campanas
para dar la bienvenida a la Primavera;
la alondra y el zorzal del firmamento
y las aves del matorral
cantan más alto por doquier
al compás del gozoso sonido de las campanas
y nuestros juegos se verán
en el Prado de los Ecos.

El anciano John con su pelo cano
se libra riendo de sus preocupaciones.
Está sentado bajo el roble,
entre los viejos.
Ríen al vernos jugar
y no tardan en decir:
<<así, así era la dicha
cuando a todos nosotros, niñas y niños,
en nuestros tiempos nos contemplaban
en el Prado de los Ecos>>.

Hasta que los pequeños, ya cansados,
no pueden divertirse más.
El sol se pone, en verdad
y terminan nuestros juegos.
En torno a los regazos maternales
muchas hermanas y hermanos,
como pájaros en sus nidos,
se disponen a descansar
y ya no se ven juegos
en el Prado de los Ecos.

La imagen divina

A la Misericordia, la Compasión, la Paz y el Amor
todos rezan en su aflicción
y a tales virtudes deliciosas
brindan su reconocimiento.

Misericordia, Compasión, Paz y Amor
son Dios, amado padre nuestro;
y Misericordia, Compasión, Paz y Amor
son el Hombre, hijo por Él protegido.

La Misericordia tiene corazón humano;
la Compasión, humano rostro;
el Amor, divina forma humana
y la Paz, humanos atavíos.

De modo que cada hombre, en cualquier parte,
que ruega en su aflicción,
reza a la divina forma humana,
al Amor, a la Misericordia, a la Compasión y a la Paz.

Todos han de amar a la forma humana,
así fuesen paganos, turcos o judíos,
pues donde moran la Misericordia, el Amor y la Compasión
también mora Dios.

El deshollinador

Al morir mi madre era yo muy joven
y mi padre me vendió. Mi lengua
apenas podía exclamar <<¡deshollinador!, ¡deshollinador!>>;
de modo que vuestras chimeneas limpio y en el hollín duermo.

El pequeño Tom Dacre lloró cuando su cabeza,
poblada de rizos iguales al del lomo de un cordero, le afeitaron. Le dije pues:
<<¡Calle, Tom! No importa. Piensa que con la cabeza rapada
el hollín no echará a perder tu pelo claro>>.

Se tranquilizó; y aquella misma noche,
al dormir, tuvo un sueño
en el que miles de deshollinadores, entre los que se hallaban Dick, Joe, Ned y Jack,
se veían encerrados en negros ataúdes.

Un ángel se les aproximó llevando una llave reluciente
y abrió los féretros, dejándoles en libertad;
entonces, brincando y riendo por un verde llano, corrieron
a bañarse en el río y a brillar al sol.

Luego, desnudos y blancos, con sus sacos dejados atrás,
subieron a las nubes y jugaron con el viento.
El ángel dijo a Tom que si era buen chico
tendría a Dios por padre y nunca sería privado de la alegría.

Tom despertó entonces. Nos incorporamos en las tinieblas
y cogimos sacos y escobillas para ir al trabajo.
Aunque la mañana era fría, Tom estaba abrigado y feliz.
Si todos desempeñaran sus deberes, nadie tendría que temer daño alguno.

Alegría infantil

<<Carezco de nombre:
solo cuento dos días>>.
¿Cómo te llamará?
<<Feliz soy,
dicha es mi nombre>>.
¡Que la dulce dicha sea contigo!

¡Hermosa dicha!
Dulce dicha que apenas tienes dos días,
dulce dicha, te llamo.
Tú sonríes
mientras yo canto.
¡Que la dulce dicha sea contigo!

El Pastor

¡Qué dulce es el dulce destino del Pastor!
De la mañana a la noche va a la ventura.
Sigue a sus corderos durante todo el día
y su boca se llena de alabanzas

pues escucha la inocente llamada del cordero
y escucha la tierna respuesta de su cría.
Él vigila mientras ellos están apacibles
pues saben cuando está cerca el Pastor.

El sol desciende por el oeste,
la estrella de la tarde brilla.
Los pájaros están silenciosos en sus nidos
y yo he de buscarme el mío.
La luna, como una flor,
en lo alto de los cielos mora;
con silencioso deleite,
se instala y sonríe en la noche.

Adiós, verdes campos y dichosos bosques
donde los rebaños se deleitaron,
donde los corderos pacieron; el silencio mueve
los pies de resplandecientes ángeles.
Invisibles, derraman bendiciones
y dicha sin cesar
en cada brote y capullo,
y en cada seno durmiente.

Ellos escrutan cada descuidado nido
donde los pájaros se abrigan;
visitan las cuevas de todas las bestias
para guardarlas de todo mal
y, si ven gemir a alguna
que debiera dormir,
derraman sueño sobre sus cabezas
y se sientan a la vera de sus lechos.

Cuando lobos y tigres aúllan por la presa,
piadosamente velan y lloran
intentando desviar su sed hacia otra parte
y apartándoles del redil.
Pero si acometen con furor,
los ángeles muy atentos
reciben cada alma dócil
y le dan nuevos mundos en herencia.

Y allí, leones de encarnados ojos

llorarán lágrimas de oro
y, compadecidos, con tierno llanto,
recorrerán el aprisco
diciendo: <<La ira, por su mansedumbre,
y la enfermedad por su salud,
serán expulsados de nuestro día inmortal>>.

<<Y ahora, junto a ti, cordero balador,
puedo descansar y dormir
o pensar en quien tu nombre llevara;
pacer luego de ti y llorar.
Pues, lavada en el río de la vida,
mi brillante melena por siempre
brillará como el oro
mientras yo guardo el redil>>.

Canción de cuna

Dulces sueños, formad una glorieta
sobre la cabeza de mi hermoso niño.
Dulces sueños de placenteras corrientes
bajo los felices y silenciosos rayos lunares.

Dulce sueño, con suave plumón
teje en tu frente una corona infantil.
Dulce sueño, ángel dócil,
ciérnete sobre mi dichoso niño.

Dulces sonrisas, en la noche
cerníos sobre mi tesoro.
Dulces sonrisas, sonrisas maternas,
toda la santa noche cautivan.

Dulces quejas, suspiros de paloma,
no alejan el sueño de tus ojos.
Dulces quejas, sonrisas más dulces aún,
todas las quejas de paloma cautivan.

Duerme, duerme, niño dichoso.
Toda la creación se ha dormido, sonriendo.
Duerme, duerme, sueño dichoso,
mientras tu madre por ti llora.

Dulce niño, en tu rostro
una sagrada imagen discierno.
Cierta vez, como tú, dulce niño,
tu hacedor se acortó y lloró por mí,

lloró por mí, por ti, por todos,
cuando era un niño pequeño.
Tú siempre verás su imagen,
rostro celestial que te sonríe,

que te sonríe, y también a mí y a todos.
Se encarnó en un niño pequeño;

las sonrisas infantiles con sus propias sonrisas.
Cielo y tierra hacia la paz hechizan.

El niño perdido

<<¡Padre, padre! ¿Adónde vas?
No camines tan deprisa.
Habla, padre, habla a tu hijo
o me sentiré perdido>>.

La noche era oscura y no se veía padre alguno.
El niño estaba empapado por el rocío.
El pantano era hondo y el pequeño lloró.
El vapor se esfumó.

El niño encontrado

El niño perdido en el pantano solitario
seguía la luz vagabunda.
Comenzó a llorar; pero Dios, siempre cercano,
se le apareció bajo forma de padre, vestido de blanco.

Besó al pequeño y, tomándole de la mano,
lo llevó a su madre
que, pálida de pesar, en solitario valle
a su hijo llorando buscaba.

Canción del aya

Cuando se oyen en el verde las voces de los niños
y llegan a la colina las risas
el corazón me descansa en el pecho
y todo ek resto está quieto.

<<Venid a casa, niños míos, que el sol ha descendido
y despierta el rocío de la noche;
venid, venid, dejad vuestros juegos y recojámonos
hasta que la mañana aparezca en los cielos>>.

<<No, no, juguemos, que aún es día
y no podemos irnos a dormir.
Por otra parte, en el cielo vuelan los pajaritos
y las colinas están cubiertas de corderos>>.

<<Bien, bien, seguid jugando hasta que la luz se desvanezca.
Entonces volved a casa para dormir>>.
Los pequeños brincaron y gritaron y rieron
y todo los montes devolvieron sus ecos.

Jueves Santo

Fue en un Jueves Santo. Con limpios rostros inocentes,
los niños iban por parejas, vestidos de rojo, azul y verde.
Bedeles de pelo cano iban delante, con varas blancas como la nieve, la nieve,
hasta que la alta cúpula de la Catedral de Pablo invadieron, como aguas del Támesis.

¡Qué multitud parecían formar aquellas flores de la ciudad de Londres!
Sentados en grupo mostraban con un brillo particular.
El vago susurro de las multitudes era patente; pero de una multitud de corderos.
Miles de niños y niñas levantaban sus manos inocentes.

Ahora, como poderoso vendaval, elevan al cielo la voz del cantar
o, como armonioso trueno, las sedes entremezcladas del cielo.
Debajo de ellos están los prudentes guardianes de los pobres.
Aprecia la misericordia; no sea que alejes a un ángel de tu puerta.

Sobre el pesar ajeno

¿Puedo contemplar el dolor de alguien
sin sentir con él tristeza?
¿Puedo ver el pesar de alguien
sin intentar aliviarlo?

¿Puedo contemplar la lágrima derramada
sin compartir el dolor?
¿Puede un padre ver a su hijo
llorar sin verse embargado por la pena?

¿Puede una madre escuchar impávida
el lamento de un niño, el temor de un niño?
¡No, no! ¡Imposible!
Nunca, nunca será eso posible.

¿Puede aquel que a todo sonríe
oír los gemidos del pajarito?
¿Oír a sus pequeños apesadumbrados y necesitados?
¿Escuchar el llanto de los niños que sufren?

¿Sin sentarse a la vera del nido
rociando de piedad sus pechos?
¿Sin sentarse junto a la cuna
vertiendo lágrimas sobre las lágrimas del niño?

¿Y no pasarse noche y día
enjugando nuestras lágrimas?
Oh, no; eso nunca será posible.
Nunca, nuca será posible.

Nos depara a todos su alegría;
se transforma en chavalillo;
se transforma en hombre compasivo.
También él siente pesar.

Piensa que eres incapaz de suspirar un suspiro
sin que tu hacedor no esté a tu lado;

piensa que no puedes llorar una lágrima
sin que te hacedor no esté cerca.

Ah, nos da la alegría
que destruye nuestras penas.
Hasta que nuestro pesar se haya esfumado
junto a nosotros se lamentará.

Primavera

¡Que suene la flauta!
Ahora está muda.
Los pájaros se deleitan
día y noche.
El ruiseñor
en el valle
la alondra en el cielo,
alegremente.
Alegremente, alegremente, para dar la bienvenida al año.

Niño
lleno de gozo,
niña
dulce y pequeñas,
el gallo canta
y también tú.
Alegre voz,
sonidos infantiles,
alegremente, alegremente para dar la bienvenida al año.

Corderillo,
aquí estoy.
Ven a lamer
mi blanco cuello.
Deja que toque
tu suave lana,
deja que bese
tu dulce rostro:
alegremente, alegremente, damos la bienvenida al año.

El escolar

Me gusta levantarme en las mañanas de verano,
cuando los pájaros cantan en los árboles;
cuando el cazador distante hace sonar su cuerno
y la alondra canta conmigo.
¡Ah, qué dulce compañía!

Pero ir a la escuela en las mañanas de verano
disipa toda mi alegría.
Mustios, sometidos a un ojo cruel,
los pequeños pasan el día
entre suspiros y desalientos.

Ah, suelo dejarme caer en mi asiento
y pasar así más de una ansiosa hora.
No puedo hallar placer en un libro
ni en sentarme en la glorieta del saber
calado hasta los huesos por la tediosa lluvia.

¿Cómo podría el pájaro, nacido para la dicha,
cantar encerrado en una jaula?
¿Cómo podría un niño, presa del miedo,
evitar que caiga su ala tierna
olvidando sus bríos de juventud?

Oh padre, oh madre, si los capullos se cortan
y las flores se dispersan;
si las plantas tiernas son despojadas
de su alegría en un día primaveral
por el dolor y el desaliento,

¿Cómo podría el estío despertar jubiloso?
¿Cómo aparecerían los frutos del verano?
¿Cómo juntar lo que el dolor destruye?
¿Cómo festejar las dulzuras del año cuando aparecen las bocanadas del invierno?

Canción de la risa

Cuando los verdes bosques ríen con la voz de la alegría
y el riacho corre, riendo y formando hoyuelos;
cuando el aire ríe con nuestras joviales ocurrencias
y la verde colina ríe al oírlas;

Cuando los prados ríen con animado verde
y el saltamontes ríe en el divertido escenario;
cuando Mary, Susan y Emily,
con sus dulces bocas redondas cantan <<¡Ja, ja, ji!>>

Cuando los pájaros pintados ríen en la sombra
donde está dispuesta nuestra mesa con cerezas y nueces,
venid y alegraos y uníos a mí
para cantar el dulce coro: <<¡Ja, ja, ji!>>

El negrito

Mi madre me engendró en el salvaje sur
y soy negro. Pero ¡ah!, mi alma es blanca.
Blanco como un ángel es el niño inglés;
pero yo soy negro, como desposeído de luz.

Mi madre me instruyó bajo un árbol
y allí sentada, antes del pleno calor del día,
me atrajo a su seno, besándome.
Luego, señalando el este, comenzó a decir:

<<Mira el sol naciente. Allí mora Dios
e imparte su luz y regala su calor
y flores y árboles y bestias y hombres reciben
solaz por la mañana y dicha al mediodía.

Y se nos puso en la tierra
para que aprendamos a soportar los rayos del amor;
y estos negros cuerpos y estos rostros tostados
son solo una nube semejantes a un umbrío bosque.

Pues cuando nuestras lamas hayan aprendido el calor a soportar
la nube se desvanecerá. Oiremos su
que nos dirá: Salid del bosque, mis bien amados,
y en torno a mi tienda de oro, como corderos, regocijaos>>.

Así habló mi madre, besándome
y así lo cuento al niño inglés.
Cuando yo me libere de mi nube negra y él de la suya blanca
y como corderos nos regocijemos en torno a la tienda de Dios,

Le protegeré del calor hasta que pueda soportarlo
y se incline dichoso sobre la rodilla de nuestro padre.
Y entonces me estaré de pie, acariciando su plateado cabello
y seré como él; y en adelante me amará.

La voz del viajo bardo

Deliciosa juventud, acércate
a ver cómo crece la mañana,
imagen de verdad recién nacida.
La duda se ha esfumado y nubes de razón
oscuras disputas y artificiosas bromas.
La insensatez es un laberinto sin fin;
raíces entrelazadas confunden sus caminos.
¡Cuántos han caído en él!
Tropiezan la noche entera con los huesos de los muertos
y piensan que solo saben afligirse.
Y quieren guiar a otros, cuando ellos eran los que necesitaban ser guiados.

Cantos de experiencia

Introducción

¡Escucha la voz del Vate
que Presente, Pasado y Futuro ve
y cuyos oídos han escuchado
la Santa Palabra
que vagaba entre los árboles venerables!

Llamaba al alma pecadora
y lloraba en el rocío del anochecer;
que podría controlar
el estrellado polo
y renovar la luz caída y pecadora.

¡Oh Tierra, oh Tierra, vuelve!
Levántate de la hierba bañada de rocío;
la noche ha pasado
y la mañana
se eleva sobre la masa somnolienta.

No vuelvas a marcharte.
¿Por qué te marcharías?
El estrellado firmamento
y la anegada playa
te son dados a ti desde que apunta el día.

Respuesta de la Tierra

La Tierra irguió la cabeza
sumida en el terror oscuro y la tristeza.
Su luz huyó.
¡Tremendo temor!
Sus rizos se cubrieron de gris desesperación.

Prisioneros en la anegada orilla,
los estrellados celos guardan mi cueva
fría y gris.
Llorando,
oigo al padre de los antiguos hombres.

¡Padre egoísta de los hombres!
¡Temor cruel, celoso y egoísta!
¿Podrían sentir deleite,
encadenadas en la noche,
las vírgenes de la juventud y la mañana?

¿Esconde la primavera se alegría
cuando brotes y capullos crecen?
¿Acaso el sembrador
siembra por la noche?
¿Ara el labrador en la oscuridad?

Rompe esta pesada cadena
que hiela mis huesos.
¡Egoísta! ¡Vano!
¡Eterno daño!
esclavizando el libre Amor.

El terrón y el guijarro

<<El amor no busca complacerse a sí mismo
ni por sí tiene inquietud alguna;
sin embargo a otro da sosiego
y construye un cielo en la desesperación del infierno>>.

Así cantaba un pequeño terrón de arcilla
aplastado por las patas del ganado.
Pero un guijarro del arroyo
murmuraba estos versos adecuados.

<<Amor solo busca la complacencia de sí mismo
y atar a otro a su deleite;
se regocija cuando los demás pierden la calma
y construyen un infierno a despecho de los cielos>>.

Jueves Santo

¿Es algo santo contemplar
en una rica y fructífera tierra
ver a los niños reducidos a la miseria y
alimentados con fría y usurera mano?

¿Es tal tembloroso llanto un cantar?
¿Puede acaso ser un cantar de alegría?
¿Pueden existir tantos niños pobres?
¡Esta es tierra de indigencia!

Es sol para ellos nunca brilla
y sus campos son áridos y desnudos.
Sus sendas están plagadas de espinos.
Viven un invierno perpetuo.

Pues dondequiera que el sol brille
y caiga lluvia
los niños no pueden pasar hambre
ni la miseria consternar la mente.

El deshollinador

¡Una negra cosita entre la nieve
que gime llorando, llorando, con acentos de dolor!
Dime: ¿dónde están tu padre y tu madre?
Ambos han ido a la iglesia a rezar.

Porque yo era feliz en los campos
y sonreía en medio de la nieve invernal,
me cubrieron con vestidos de muerte
y me enseñaron a cantar notas dolientes.

Porque soy feliz y bailo y canto
creen no haberme hecho ningún mal
y han ido a alabar a Dios, a su sacerdote y a su Rey,
que un cielo edifican con nuestra miseria.

Canción del aya

Cuando las voces infantiles se escuchan en el prado
y susurros en el valle,
los días juveniles surgen frescos en mi mente
y mi rostro se vuelve verde y lívido.

Venid pues al hogar, niños míos, que el sol se ha puesto
y el rocío de la noche se levanta.
En juegos gastáis vuestros días y primaveras
y vuestro invierno y vuestra noche en disfraces.

La rosa enferma

Oh Rosa, estás enferma.
El invisible gusano
que vuela en la noche
cuando la tormenta ruge

ha encontrado tu lecho
de dicha carmesí
y su oscuro amor secreto
destroza tu vida.

La mosca

Pequeña mosca,
tus juegos veraniegos
mi atolondrada mano
se ha llevado.

¿No soy yo
una mosca como tú?
¿No eres tú
un hombre como yo?

Pues bailo
y ebbo y canto
hasta que alguna mano ciega
se lleve mi ala.

Si el pensamiento es vida
y fuerza y aliento
y el carecer
de pensamiento es muerte

soy
una mosca feliz
así viva
o muera.

El ángel

¡Soñé un sueño! ¿Qué significará?
Era yo una reina virginal
guardada por un ángel bondadoso.
¡El tonto lamento nunca fue encantado!

Y lloraba de noche y de día.
Él me enjugaba las lágrimas;
lloraba de día y de noche
y escondía del goce mi corazón.

Hasta que extendió sus alas y voló.
La mañana entonces se cubrió de rubor.
Sequé mis lágrimas y preservé mis temores
Con diez mil escudos y lanzas.

No tardó mi ángel en volver;
pero, como yo estaba armada, fue en vano,
pues el tiempo de juventud había volado
y canosos cabellos cubrían mi testa.

Tigre, tigre, que te enciendes en luz
por los bosques de la noche
¿qué mano inmortal, qué ojo
pudo idear tu terrible simetría?

¿En qué profundidades distantes, en qué cielos
ardió el fuego de tus ojos?
¿Con qué alas osó elevarse?
¿Qué mano osó tomar ese fuego?

¿Y qué hombro, y qué arte
pudo tejer la nervadura de tu corazón?
Y al comenzar los latidos de tu corazón,
¿qué mano terrible? ¿Qué terribles pies?

¿Qué martillo? ¿Qué cadena?
¿En qué horno se templó tu cerebro?
¿En qué yunque? ¿Qué tremendas garras
osaron sus mortales terrores dominar?

Cuando las estrellas arrojaron sus lanzas
y bañaron los cielos con sus lágrimas
¿sonrió al ver su obra?
¿Quien hizo al cordero fue quien te hizo?

Tigre, tigre, que te enciendes en luz
por los bosques de la noche
¿qué mano inmortal, qué ojo
osó idear tu terrible simetría?

Mi bonito rosal

Una flor me ofrecieron;
una flor tal como mayo nunca tuvo.
Mas yo dije poseer un bonito rosal
e hice a un lado la dulce flor.

Entonces me dirigí a mi bonito rosal
para cuidar de él día y noche;
pero me ignoró, celoso,
y sus espinas fueron mi único deleite.

¡Ah, girasol!

¡Ah, girasol, canso de tiempo,
que cuentas los pasos del sol
buscando aquel clima dulce y dorado
donde el viaje del peregrino termina!

Allí donde la juventud se consumía en deseos
y la pálida virgen en su mortaja de nieve,
se alza de sus tumbas y aspira
hacia donde mi girasol desea ir.

El lirio

La modesta rosa adelanta una espina
y el manso cordero un cuerno amenazador.
Entretanto, el blanco lirio ha de deleitarse con el amor:
ni espinas ni amenazas mancillan su radiante belleza.

El jardín del amor

Me dirigí al jardín del amor
y vi que nunca viera:
una capilla habían construido en su centro,
allí donde yo solía jugar rodeado de verdor.

Las puertas de tal capilla estaban cerradas
y escrito en la puerta se leía: <<No lo harás>>,
de modo que presté atención al jardín del amor
que tantas flores amables ofreciera.

Y vi que estaba cubierto de sepulcros
y lápidas había donde flores debieran crecer.
Sacerdotes de hábito negro cumplían sus rondas
enlazando con zarzas mis alegrías y anhelos.

El pequeño vagabundo

Madre amada, madre amada, la iglesia está yerta,
y la taberna es grata, placentera y tibia.
Puedo decir, por otra parte, dónde me tratan bien,
aunque tal trato nunca será bien visto por el cielo.

Si en la iglesia nos diesen un poco de cerveza
y un fuego grato para entibiar nuestras almas
cantaríamos y rezaríamos el día entero.
Nunca querríamos alejarnos de la iglesia.

Así el párroco podría predicar, beber y cantar.
Todos nos sentiríamos dichosos como pájaros en primavera
y la modesta dama contrahecha, que siempre está en la iglesia,
no tendría hijos patizambos ni repartiría ayunos y latigazos.

Y Dios, como un padre, se regocijaría al ver
a sus hijos tan apreciables y dichosos como Él.
Ya no reñiría con el diablo,
sino que le besaría, dándole bebida y vestido.

Londres

Vagué por cada calle de real privilegio
cercana al Támesis de real privilegio
y advierto en cuanto rostro encuentro
signos de debilidad, signos de dolor.

En cada grito de cada hombre,
en cada grito de temor de cada niño,
en cada voz, en cada prohibición,
escucho las ataduras que la mente forja.

Como el grito del deshollinador
consterna cada iglesia sombría
y el suspiro del infeliz soldado
corre en sangre por los muros del palacio.

Pero sobre todo escucho por las calles, a medianoche,
a la joven ramera que con maldiciones
destruye las lágrimas del recién nacido
mientras carga de plagas el carro fúnebre nupcial.

Resumen de lo humano

La piedad no existiría
si no hiciéramos a alguien pobre;
y la Misericordia no tendría lugar
si todos fuesen tan felices como nosotros.

El miedo compartido trae la paz
hasta que los amores egoístas aumentan.
Entonces la crueldad urde una trampa
y siembra con cuidado sus cebos.

Se sienta con sagrados temores
y riega la tierra con lágrimas;
la humildad echa entonces raíces
bajo sus plantas.

No tarda en extender la lúgubre sombra
del misterio sobre su cabeza;
y la oruga y la mosca
se alimentan de misterio.

Luego crece del árbol el fruto del engaño,
rojizo y dulce al paladar,
y el cuervo teje su nido
en su más espesa sombra.

Los dioses de la tierra y el mar
escrutaron la naturaleza para hallar este árbol,
pero vana resultó la búsqueda:
crece uno en cada cerebro humano.

Dolor de niño

Mi madre gemía, mi padre lloraba.
Al peligroso mundo salté
desamparado y desnudo, chillaba
como demonio en una nube oculto.

Me debatía en manos de mi padre;
y luchaba con mis pañales.
Hasta que, maniatado y cansado, pensé que lo mejor
era acurrucarse al pecho de mi madre.

Árbol emponzoñado

Estaba enfadado con mi amigo,
pero le hice partícipe de mi cólera y esta se esfumó.
Estaba enfadado con mi enemigo;
no se lo participé y mi cólera aumentó.

Y la regué con miedos
noche y día; y con mis lágrimas;
y la asoleé con sonrisas
y con arteros embaucamientos.

Así creció noche y día
hasta dar una fúlgida manzana.
Y mi enemigo contempló su brillo
y supo que era mía.

En mi jardín se introdujo
cuando la noche cubría el polo.
Por la mañana dichoso vi
a mi enemigo tumbado bajo el árbol.

El niño perdido

<<Nadie ama a otro como a sí mismo
y a nadie venera más>>.
Ni es posible al pensamiento
conocer algo superior a él.

¿Cómo puedo amarte, padre, más?
¿Cómo amar más a mis hermanos?
Te amo tanto como al pajarito
que pica las migajas junto a la puerta.

El sacerdote, sentado cerca, oyó al niño.
Con ardiente celo le agarró del cabello
y le arrastró tomándolo de la chaqueta.
Todos admiraron tan sacerdotal trato.

Y de pie en lo alto del altar:
<<¡Mirad qué demonio tenemos aquí>>, dijo,
<<alguien que erige a la razón en juez
de nuestro más sagrado misterio>>.

El pequeño que lloraba no fue escuchado
y sus afligidos padres en vano lloraron;
solo le dejaron la camisa
y le ataron con cadena de hierro.

Y lo quemaron en santo lugar
donde muchos fueran antes que él quemados.
Sus afligidos padres lloraron en vano.
¿Tales desmanes se han cumplido en las riberas de Albión?

La niña perdida

Niños de la Edad futura
que vais a leer estas páginas indignadas,
sabed que en tiempos antiguos
el Amor, el dulce Amor, era considerado un crimen.

En la Edad de Oro
libre del invierno frío
un joven y una radiante doncella,
en la sagrada luz, desnudos,
en los solares rayos se deleitaban.

Cierta vez una joven pareja,
animada de la mayor solicitud,
se encontró en un claro jardín,
donde la sagrada luz
acababa de correr el cortinaje de la noche.

Allí, al apuntar el día,
en la hierba jugaron.
Los padres estaban lejos;
no había extraños cerca de ellos
y la doncella no tardó en olvidar sus temores.

Cansados de dulces besos
decidieron encontrarse
cuando el silencioso sueño
inunda los cielos
y los exhaustos caminantes lloran.

Hacia su canoso padre
volvió la radiante doncella;
pero la amorosa mirada de este,
como el Libro Sagrado,
sus tiernos miembros hizo estremecer.

<<¡Ona, pálida y débil,
habla a tu padre!

¡Oh miedo tremendo!
'Oh terrible inquietud
que sacude la floración de mi cano pelo!>>

A Tirzah

Todo aquello que nace de mortal
debe ser consumido con la tierra
para elevarse libre de la generación.
¿Qué tengo pues yo que ver contigo?

Los sexos surgieron de la vergüenza y el orgullo;
nacieron con la mañana y en la tarde murieron;
pero la Misericordia convirtió a la muerte en sueño:
los sexos se alzaron para trabajar y llorar.

Tú, Madre de mi parte mortal,
con crueldad moldeaste mi corazón
y con falsas lágrimas, engañándote a ti misma,
amordazaste mi nariz, mis ojos y mis oídos.

Paralizaste mi lengua con insensible arcilla
y me entregaste a la vida mortal.
La muerte de Jesús me hizo libre.
¿Qué tengo pues yo que ver contigo?

Una imagen divina

La crueldad tiene corazón humano
y la envidia humano rostro;
el terror reviste divina forma humana
y el secreto lleva ropas humanas.

Las ropas humanas son de hierro forjado,
la forma humana es fragua llameante,
el rostro humano es caldera sellada
y el corazón humano, su gola hambrienta.

El matrimonio del cielo y el infierno

Discusión

Rintrah ruge sacudiendo los puños en el aire cargado;
hambrientas nubes pesan sobre las profundidades

otrora humilde, y en peligrosa senda,
el justo siguió transitando por
el valle de la muerte.
Rosas se han plantado donde espinas crecieran
y en el erial estéril
cantan las abejas que dan miel.

Luego plantas se vieron en el sendero peligroso
y un río y un manantial
en cada escarpa y cada tumba;
y en los huesos blanqueados
creció la arcilla roja.

Hasta que el malvado dejó los caminos fáciles
para transitar por los peligrosos y expulsar
al justo a climas estériles.

Ahora la furtiva serpiente pasea
con tierna humildad
y el justo se desespera en los desiertos
donde vagan los leones.

Rintrah ruge y asienta sus fuegos en el aire cargado;
hambrientas nubes pesan sobre las profundidades.

Al comenzar un nuevo cielo, y han pasado treinta y tres
años desde su advenimiento, el Eterno Infierno renace.

Y resulta que Swedenborg es el ángel que sentado está en la tumba y que sus escritos son
ropaje de lino doblado. Ha llegado el dominio de Edom, la hora del retorno de Adán al
Paraíso. Ver Isaías XXXIV y Capítulo XXXV.

Sin contrario no hay progresión. Atracción y Repulsión; Razón y Energía; Amor y Odio,
son necesarios para la existencia humana.

De estos contrarios sale lo que el religioso llama el Bien y el Mal. El Bien es un ente pasivo que obedece a la razón. El Mal en el brote activo de la Energía.

El bien es el cielo; el mal, el infierno.

La voz del demonio

Todas las Biblias o códigos sagrados son causa de los siguientes errores:
1. Que el hombre tiene en realidad dos principios existentes, a saber, cuerpo y alma.
2. Que la Energía, llamada el Mal, solo pertenece al Cuerpo; y la Razón, llamada Bien, solo pertenece al Alma.
3. Que Dios atormentará eternamente al hombre por seguir sus energía.

Pero los siguientes contrarios de ello, son verdad.

1. El hombre no tiene un Cuerpo distinto de su Alma, pues lo que llamamos Cuerpo es una porción del Alma discernida por los cinco sentidos, principales entradas al Alma en nuestros tiempos.
2. La Energía es la única Vida y emana del Cuerpo. La Razón es el confín o circunferencia externa de la Energía.
3. La Energía es la Delicia Eterna.

Quienes contienen al deseo, lo hacen porque el suyo es lo bastante débil como para ser contenido. Así, quien contiene, o la Razón, usurpan su lugar y gobiernan a los que se resisten.

Y contener gradualmente se torna pasivo, hasta que es apenas la sombra del deseo.

La historia de esto consta en El Paraíso Perdido. El que gobierna, o la Razón, es llamado Mesías.

Y el Arcángel original, poseedor del mando sobre las huestes divinas, es llamado el Diablo o Satanás y sus hijos son llamados Pecado y Muerte.

Pero en el Libro de Job, el Mesías de Milton es llamado Satán.

Pues esta historia ha sido adoptada por ambos partidos.

En verdad, a la Razón le pareció como si el Deseo hubiese sido expulsado; pero la versión del Demonio es que el Mesías fue quien cayó y formó un cielo con lo que había hurtado al Abismo.

Esto se muestra en el Evangelio, en el que implora al Padre que le envíe al que reconforta o al Deseo, sobre el cual la Razón podría concebir Ideas para construir. El Jehová de la Biblia no es otro que aquel que mora en la fogosa llama. Sabed que tras la muerte de Cristo, se transformó en Jehová.

Pero en Milton, el Padre es el Destino y el Hijo, un promedio de los cinco sentidos; y el Espíritu Santo, ¡vacío!

Nota. La razón por la cual Milton escribió maniatado al referirse a los Ángeles y a Dios y libremente al tratar de los Demonios y del Infierno radica en que era un verdadero Poeta y del partido de los Demonios, sin saberlo.

Una fantasía memorable

Mientras caminaba yo por los fuegos del Infierno arrobado por los entretenimientos del Genio, que son para los Ángeles tormento y locura, coleccioné algunos de sus Proverbios. Creo que los dichos usados en cada nación definen su carácter. Del mismo modo, los Proverbios del Infierno muestran la naturaleza de la Sabiduría Infernal mejor que una descripción de monumentos o de ropas.

Al llegar a mi casa, sobre el abismo de los cinco sentidos donde una escarpa de lado plano desaprueba el mundo de hoy, vi a un poderoso Demonio envuelto en negras nubes que se cernía sobre los bordes de la roca. Con corrosivo fuego escribió la frase siguiente, perceptible ahora para las mentes humanas que en la tierra la lean: ¿Cómo puedes saber que cada Pájaro que recorre su aéreo camino es un inmenso mundo deleitoso si estás encerrado en tus cinco sentidos?

Proverbios del infierno

En tiempo de siembra, aprende; en tiempo de cosecha, enseña; en invierno, goza.

Conduce tu carro y tu arado sobre los huesos de los muertos.

El camino del exceso lleva al palacio del saber.

La Prudencia es una vieja solterona, rica y fea, que la Incapacidad corteja.

Aquel que desea pero no actúa, engendra peste.

El gusano perdona al arado que lo corta.

Sumerge en el río a aquel que ama el agua.

El necio no ve el mismo árbol que ve el sabio.

Aquel cuyo rostro no irradie luz, jamás será una estrella.

La Eternidad está enamorada de los frutos del tiempo.

La abeja laboriosa no tiene tiempo para el pesar.

Las horas de la locura las mide el reloj, pero ningún reloj puede medir las horas de la sabiduría.

Todo alimento sano se logra sin red ni cepo.

Usa número, peso y medida en año de escasez.

Ninguna ave se remonta demasiado, si lo hace con sus propias alas.

Un cuerpo muerto no venga injurias.

Tu acto más sublime es poner a otro hombre delante de ti.

Si el necio persistiera en su necedad, se tornaría sabio.

La Locura es la capa de la villanía.

La Vergüenza, la capa del orgullo.

Las prisiones son edificadas con piedras de la Ley, los burdeles con ladrillos de la Religión.

El orgullo del pavo real es la gloria de Dios.

La lujurias del carnero es la generosidad de Dios.

La ira del león es la sabiduría de Dios.

La desnudez de la mujer es obra de Dios.

El exceso de pena ríe. El exceso de gozo llora.

El rugido de los leones, el aullido de los lobos, la ira del tempestuoso mar y la espada destructiva son porciones de eternidad demasiado grandes para el ojo humano.

El zorro condena la trampa, pero no a sí mismo.

El gozo fecunda, el dolor engendra.

Dejad que el hombre vista la piel del león y la mujer el vellón de la oveja.

El ave un nido, la araña una tela, el hombre la amistad.

El egoísta necio que sonríe y el necio sombrío y ceñudo serán tenidos por sabios y se tornarán la norma.

Lo que hoy está demostrado, una vez fue imaginado.

La rata, el ratón, el zorro, el conejo, cuidan de las raíces; el león, el tigre, el caballo, el elefante, de los frutos.

La cisterna contiene, el manantial rebosa.

Un pensamiento llena la inmensidad.

Si estás siempre presto a expresar tu opinión, el hombre vil te evitará.

Todo lo que es creíble, es una imagen de la verdad.

Nunca perdió el águila tanto tiempo como cuando se sometió a la enseñanza del cuervo.

El zorro se provee a sí mismo; pero Dios provee al león.

Medita en la mañana. Obra al mediodía. Come al atardecer. Duerme en la noche.

Quien ha soportado tus abusos, te conoce realmente.

Así como el arado sigue las palabras, Dios recompensa las plegarias.

Los tigres de la cólera son más sabios que los caballos del saber.

De agua estancada espera veneno.

Nunca sabrás lo que es suficiente a menos que sepas lo que es más que suficiente.

¡Escucha el reproche de los necios! ¡Es un título real!

Los ojos de fuego, la nariz de aire, la boca de agua, la barba de tierra.

El débil en denuedo es fuerte en astucia.

Nunca pregunta el manzano al haya cómo crecer, ni el león al caballo cómo lograr su presa.

Quien recibe agradecido, fructifica abundante cosecha.

Si otros no hubieran sido necios, nosotros lo seríamos.

El alma rebosante de dulce deleite jamás será profanada.

Cuando ves un águila, ves una porción de Genio: ¡Levántate!

Así como la oruga elige las hojas más bellas para posar sus huevos, así el sacerdote deja caer su maldición en los gozos más dulces.

Crear una pequeña flor es trabajo de siglos.

La maldición estimula; la bendición relaja.

El mejor vino es el más añejo, la mejor agua es la más nueva.

Los rezos no aran; las alabanzas no cosechan.

Las alegrías no ríen. Las tristezas no lloran.

La cabeza, lo Sublime; el corazón, el Pathos; los órganos genitales, lo Bello; las manos y los pies, la Proporción.

Como el aire al pájaro o el agua al pez, así es el desprecio para el despreciable.

El zorro quisiera que todo fuera negro; el búho, que todo fuese blanco.

Exuberancia es Belleza.

Si el león fuera aconsejado por el zorro, sería astuto.

El Progreso construye caminos rectos, pero los tortuosos son los caminos del genio.

Mejor matar un niño en su cuna que alimentar deseos insatisfechos.

Donde no está el hombre, la naturaleza es estéril.

La verdad nunca puede ser dicha de modo que sea comprendida sin ser creída.

¡Basta! o demasiado.

Los antiguos poetas animaban todos los objetos sensibles con dioses o genios. les prestaban nombres de bosques, ríos montañas, lagos, ciudades, naciones y de todo lo que sus dilatados y numerosos sentidos podían percibir.

Y en particular estudiaban el genio de cada ciudad o país y los colocaban bajo el patrocinio de su divinidad mental.

Hasta que se formó un sistema del cual algunos se aprovecharon para esclavizar al vulgo pretendiendo comprender o abstraer las divinidades mentales de sus objetos. Así comenzó el sacerdocio.

Que escogió formas de culto tomándolas de cuentos poéticos.

Hasta que por fin sentenciaron que eran los dioses quienes habían ordenado aquello.

Así los hombres olvidaron que todas las deidades residen en el pecho humano.

Una fantasía memorable

Los profetas Isaías y Ezequiel vinieron a cenar conmigo y yo les pregunté cómo osaban afirmar tan rotundamente que Dios les hablaba y si no pensaban entonces que serían malentendidos y que darían lugar a la impostura.

Isaías me contestó: Yo no vi a ningún Dios y nada pude oír en una percepción orgánica finita, pero mis sentidos descubrieron el infinito en todas las cosas y tal y como estaba persuadido entonces y estoy todavía, que la voz de la sincera indignación es la voz de Dios, no me importaron las consecuencias y me puse a escribir.

Entonces pregunté: ¿Hace la firme convicción de que una cosa es así que la cosa sea así realmente?

Él contestó: Todos los poetas lo creen y en las épocas de la imaginación esta firme persuasión era capaz de mover montañas, pero no muchos pueden sentir una convicción inalterable acerca de algo.

Entonces Ezequiel dijo: La filosofía del Oriente nos enseñó los primeros principios de la percepción humana. Algunas naciones sostenían un principio para el origen y algunas otro; nosotros, los de Israel, enseñamos que el Genio Poético (como vosotros lo llamáis ahora) fue el primer principio y todos los demás son simplemente derivados de él; esta es la causa de nuestro desprecio hacia los sacerdotes y filósofos de otros países y de nuestra profecía de que sería probado ulteriormente que todos los dioses se originan en el nuestro y son los tributarios del Genio Poético. Fue todo esto lo que nuestro gran poeta, el Rey David, deseaba tan fervientemente e invoca tan patéticamente cuando dice que conquista enemigos y gobierna reinos; y tanto amábamos a nuestro Dios que en su nombre maldijimos a las deidades de las naciones vecinas y afirmamos que se habían rebelado. A partir de estas opiniones los hombres vulgares llegaron a pensar que todas las naciones serían, algún día, sometidas por los judíos.

Esto, dijo, como todas las convicciones firmes, se ha realizado, pues todas las naciones creen en el código y veneran al dios de los judíos. ¿Qué dominio mayor que este puede haber?

Escuché estas palabras asombrado y ahora debo confesar mi propia convicción. Después de la cena pedí a Isaías que regalara al mundo sus obras perdidas y me respondió que ninguna de igual valor que las existentes se había perdido. Ezequiel dijo lo mismo de las suyas.

También pregunté a Isaías, qué lo había hecho andar desnudo y descalzo durante tres años y me respondió: Lo mismo que a nuestro amigo Diógenes, el griego.

Entonces pregunté a Ezequiel por qué comía estiércol y por qué había permanecido tendido de costado tanto tiempo y me respondió: El deseo de elevar a los demás hombres a una percepción del infinito; esto lo practican las tribus de la América del Norte y ¿es honesto quien resiste a su propio genio o conciencia solo para salvaguardar su comodidad o su gratificación presentes?

La antigua tradición de que el mundo será consumido por el fuego al cabo de seis mil años es cierta, según me han dicho en el Infierno.

Pues al querubín con su espada llameante se le ordena aquí que abandone su puesto de guardia junto al árbol de la vida, y cuando lo haga toda la creación será consumida y aparecerá infinita y sagrada, mientras que ahora aparece finita y corrupta.

Esto acontecerá por un mejoramiento del deleite sensual; pero primero habrá de ser abandonada la creencia de que el hombre posee un cuerpo distinto de su alma; esto lo haré yo, imprimiendo, mediante el método infernal, con agentes corrosivos, que en el infierno son saludables y medicinales, desbastando las superficies aparentes y haciendo aparecer el infinito que permanecía oculto.

Si las puertas de la percepción fuesen depuradas, todas las cosas se manifestarían al hombre como en realidad son: infinitas.

Pues el hombre se ha encerrado de tal manera que solo ve todas las cosas a través de las estrechas fisuras de su caverna.

Una visión memorable

Estaba yo en una imprenta del infierno cuando vi el modo mediante el cual se transmite el conocimiento de generación en generación.

En la primera cámara se hallaba un hombre dragón. Limpiaba la basura acumulada ante la entrada de una caverna. Dentro, cierto número de dragones excavaban la gruta.

En la segunda cámara había una víbora. Envolvía la roca y la caverna y otras la engalanaban con oro, plata y piedras preciosas.

En la tercera se veía un águila con alas y plumas de aire. Por su causa, el interior de la cueva era infinito. En su torno, muchas águilas semejantes a hombres, construían palacios en los inmensos acantilados.

En la cuarta cámara se percibían leones de llameante fuego que, muy airados, transformaban a los metales en fluidos vivos.

En la quinta, unas formas innominadas lanzaban los metales al espacio.

Allí las percibían los hombres que ocupaban la sexta cámara, asumían forma de libros y eran dispuestos en bibliotecas.

Los gigantes que dieron a este mundo su existencia sensorial y que ahora parecen vivir encadenados en él son en realidad las causas de su vida y las fuentes de toda actividad; pero las cadenas son la astucia de las mentes astutas y mansas con poderes para resistir la energía, de acuerdo con el proverbio que dice: el débil de coraje es fuerte en la artimaña.

De este modo, parte del ser es lo prolífico y la otra lo que devora. Al devorador le parece que el productor está encadenado. Sin embargo no es así: este solo toma porciones de existencia y se imagina que toma el todo.

Pero el prolífico dejaría de serlo si el devorador, como mar, recibiera el exceso de sus delicias.

Algunos se preguntarán: ¿no será Dios solamente el prolífico? Respondo que Dios solo actúa y es en los seres existentes o los hombres.

Estas dos clases de hombres están siempre en la tierra y tendrían que ser enemigos.

Quienquiera que procure reconciliarlos buscará destruir la existencia.

La religión es un esfuerzo de reconciliar a ambos.

Nota: ¡Jesucristo no quería unirlos, sino separarlos, como se prueba en la parábola de las ovejas y las cabras! Dijo: no he venido a traer la paz, sino una espada.

El Mesías, o Satanás o el Tentador se consideraban antes alguno de los antediluvianos que son nuestras energías.

Una fantasía memorable

Un ángel vino a mí y dijo: <<¡Oh, joven necio, digno de lástima! ¡Horrible, espantoso estado el tuyo! Piensa en el calabozo abrasador que te preparas por toda la eternidad y a donde te lleva el camino que sigues>>.

Yo dije: <<Tal vez podrías mostrarme mi lugar eterno. Juntos lo contemplaremos hasta ver qué sitio es más deseable: el tuyo o el mío>>.

Entonces me llevó a través de un retablo, a través de una iglesia y, después, hacia abajo, a la cripta de la iglesia en cuyo extremo había un molino. Entramos en el molino y llegamos a una caverna. A tientas seguimos nuestro tedioso trayecto, bajo la tempestuosa caverna hasta llegar a un espacio vacío que apareció sobre nosotros como un cielo; agarrándonos a las raíces de los árboles logramos colgarnos dominando esta inmensidad.

Entonces dije: <<Si quieres, nos abandonaremos a este vacío para ver si también en él está la Providencia. Si tú no quieres, yo sí quiero>>.

Mas él respondió: <<Joven presuntuoso, ¿no te basta contemplar tu lugar estando aquí? Cuando cese la oscuridad, aparecerá>>.

Permanecí entonces, cerca del Ángel, sentado en los enlaces de las raíces de un roble, y él Ángel quedó suspendido en un Bongo que colgaba su cabeza sobre el abismo.

Poco a poco, la profundidad infinita se tornó distinta, rojiza como el humo de una ciudad incendiada. Sobre nosotros, a una distancia inmensa, el sol negro y brillante. En torno al sol huellas de fuego; y sobre las huellas caminaban arañas enormes, arrastrándose hacia sus víctimas que volaban o, más bien, nadaban en la profundidad infinita, en forma de animales horribles, salidos de la corrupción; y el espacio estaba lleno y parecía por ellos orinado. Son los demonios, llamados Potencias del aire.

Pregunté a mi compañero cuál era mi lugar eterno. Y dijo: <<Entre las negras y blancas>>.

Pero en ese momento, entre las arañas negras y blancas una nube de fuego estalló rodando a través del abismo, ennegreciendo todo lo que encontraba bajo ella al punto que el abismo inferior quedó negro como un mar y se estremeció con un ruido espantoso.

Nada se podía ver debajo ele nosotros, sino una negra tempestad hasta que, mirando hacia el Oriente, entre las nubes y las olas, vimos una cascada en medio de sangre y fuego y, distante de nosotros sólo unos tiros de piedra, apareció nuevamente el repliegue escamoso de una serpiente monstruosa. Por último, hacia el Oriente, cerca de tres grados distante, apareció, sobre las olas, una cresta inflamada; se elevó lentamente como una cima rocosa, y vimos dos globos de fuego carmesí, y el mar se escapaba de ellos en nubes de humo. Comprendimos que aquello era la cabeza de Leviatán: la frente surcada de estrías de color verde y púrpura como las de la frente del tigre; de pronto, vimos sus fauces, y sus branquias rojas colgaban sobre la espuma enfurecida tiñendo el negro abismo con rayos de sangre, avanzando hacia nosotros con la fuerza de una existencia espiritual.

El Ángel amigo mío escaló su sitio en el molino. Quedó solo. La aparición dejó de serlo. Y me encontré sentado en una deliciosa terraza, al borde de un río, al claro de luna, oyendo cantar a un arpista que se acompañaba con su instrumento. Y el tema de su canción era: <<El hombre que no cambia de opinión es como el agua estancada: engendra los reptiles del espíritu>>.

En seguida, me puse en pie y partí en busca del molino donde encontré a mi Ángel que, sorprendido, me preguntó cómo había logrado escapar.

Respondí: <<Todo lo que vimos juntos procedía de tu metafísica; después de tu fuga, me hallé en una terraza oyendo a un arpista, al claro de luna. Mas ahora que hemos visto mi lugar eterno, ¿puedo enseñarte el tuyo?>>

Mi proposición le hizo reír; mas yo, de pronto, le estreché en mis brazos y volé a través de la noche de Occidente y, así, nos elevamos sobre la sombra de la tierra; con él, me lancé derecho al cuerpo del sol, allí me vestí de blanco y, tomando los libros de Swedenborg, abandoné esta región gloriosa y, dejando atrás los demás planetas, llegamos a Saturno. Allí me detuve a fin de reposar. Enseguida, me lancé al vacío, entre Saturno y las estrellas fijas.

Le dije: <<He aquí tu lugar en este espacio, si así puede llamarse>>.

Súbitamente, vimos el establo y la iglesia y lo llevé al altar y abrí la Biblia, y he aquí mi pozo profundo al que descendía llevando al Ángel delante de mí. De pronto, vimos siete casas de ladrillo y entramos en una. Había en ella un gran número de monos, bestias mitológicas, y todos los de su especie encadenados por la mitad de sus cuerpos gesticulando y mordiéndose los unos a los otros, más impedidos por lo corto de sus cadenas. Sin embargo, me pareció que algunas veces su número aumentaba, y que los fuertes devoraban a los débiles y que, gesticulando siempre, primero copulaban con ellos para devorarlos después, arrancando un miembro primero y después otro, hasta que no quedaba sino un miserable tronco que besaban haciendo muecas de ternura para devorarlo al fin. Y aquí y allá, vi a algunos saboreando la carne de su propia cola. El mal olor nos incomodaba horriblemente.

Entramos al molino. Mi mano atrajo el esqueleto de un cuerpo que fue, en el molino, los Analíticos de Aristóteles.

El Ángel me dijo: <<Tu fantasía se ha impuesto a mí; esto, debería ruborizarte>>.

Respondí: <<Cada uno impone al otro su fantasía, y es tiempo perdido conversar contigo que no has producido sino Analíticos>>.

La oposición es verdadera amistad.

Siempre me ha parecido que los Ángeles tienen la vanidad de hablar de sí mismos como si sólo ellos fueran sabios; lo hacen con una confianza insolente que nace del razonamiento sistemático.

Así Swedenborg se envanece de que cuanto escribe es nuevo, aunque sólo es un índice o un catálogo de libros publicados antes.

Un hombre lleva un mono a una fiesta y porque era un poco más sabio que el mono se infló de vanidad y se consideró mas sabio que siete hombres.

Así es el caso de Swedenborg que muestra la locura de las iglesias y quita la máscara a los hipócritas e imagina que todos los hombres son religiosos y que él es el único hombre en la tierra que rompió las mallas de la red.

Ahora, oíd el hecho tal como es: Swedenborg no ha escrito una sola verdad nueva.

Y, ahora, oíd la causa: conversaba con los ángeles que son, todos, religiosos, y no conversaba con los demonios que odian la religión, porque sus prejuicios lo hacían incapaz.

Así es que las obras de Swedenborg son una recapitulación de todas las opiniones superficiales, y un análisis de las más sublimes; nada más.

He aquí otro hecho: cualquier hombre de talento mecánico puede extraer de las obras de Paracelso o de Jacob Behmen diez mil volúmenes de igual valor que los de Swedenborg, y un número infinito de los libros de Dante o Shakespeare.

Pero, cuando lo haya hecho, que no pretenda saber más que su maestro porque sólo sostiene una bujía en pleno sol.

Una fantasía memorable

Un día, en una llama de fuego vi aparecer un demonio ante un Ángel sentado en una nube.

El demonio dijo estas palabras:

<<El culto de Dios consiste en honrar sus dones en los hombres según su genio, dando a los más grandes más amor. Aquellos que calumnian a los grandes hombres odian a Dios, porque no hay otro Dios que ellos>>.

Al oír esto, el Ángel se puso casi azul; mas, conteniéndose, se puso amarillo y al fin blanco, rosado y, sonriendo, repuso:

<<Idólatra, ¿Dios no es uno? ¿No está visible en Jesucristo? Y Jesucristo, ¿no ha autorizado la ley de los diez mandamientos? ¿No son los demás hombres, necios, pecadores, nada?>>

El Demonio respondió: <<Tritura al necio en el molino con el trigo, luego no podrás separar del trigo su necedad. Si Jesucristo es el más grande de los hombres, tendrás que amarlo con el amor más grande. Ahora, oye de qué manera ha autorizado la ley de los diez mandamientos: ¿no se burló del Sábado, del Sábado de Dios? ¿No dio muerte a aquellos que por él murieron? ¿No torció la ley para con la mujer adúltera? ¿No robó el trabajo de aquellos que lo mantenían? ¿No toleró el falso testimonio rehusando defenderse ante Pilatos? ¿No codició cuando pidió por sus discípulos y cuando les incitó a sacudir el polvo de sus pies contra los que rehusaran darles albergue? Yo te digo: ninguna virtud que no rompa estos diez mandamientos puede existir. Jesucristo era todo virtud y obraba por impulsos y no por reglas>>.

Cuando hubo hablado, miré al Ángel que alargó los brazos, abrazó la llama, fue consumido y apareció como Elías.

Nota: Este ángel, que ahora se ha transformado en demonio, es amigo mío. A menudo leemos la Biblia en su sentido infernal o diabólico, que el mundo obtendrá si se comporta bien.

También poseo la Biblia del Infierno, que el mundo obtendrá, lo quiera o no.

Una misma ley para el león y para el buey es opresión.

Canto de libertad

1. La Hembra Eterna gimió y su gemido fue escuchado en toda la Tierra.
2. La costa de Albión está en enfermizo silencio: las praderas americanas desfallecen.
3. Las Sombras de Profecía tiemblan a lo largo de los lagos y los ríos, y musitan desde el otro lado del océano: ¡Francia, destruye tu mazmorra!
4. ¡Dorada España, rompe las barreras de la vieja Roma!
5. ¡Arroja tus llaves, oh Roma, a las profundidades para siempre y que eternamente sigan cayendo en ellas!
6. Y llora y doblega tus reverendas cerraduras.
7. En sus manos temblorosas tomó al terror neonato gritando:
8. ¡Sobre esas infinitas montañas de luz, ahora ocultas por el mar Atlántico, el fuego nuevo brotó ante el rey de las estrellas!
9. Tremolado de nieves de grises ceños y rostros tempestuosos las alas celosas se batieron sobre el abismo.
10. La mano como lanza ardía en las alturas y el escudo estaba desceñido; la mano de la envidia se trenzó con la cabellera en llamas y arrojó la maravilla recién nacida a través de la noche estrellada.
11. ¡El fuego! ¡Cae el fuego!
12. ¡Alzad la mirada! ¡Alzad la mirada! ¡Oh, ciudadanos de Londres, magnificad vuestra mirada! ¡Oh, judío, deja de contar el dinero! ¡Vuelve a tu aceite y tu vino! ¡Oh, africano! ¡Negro africano! (ve, alado pensamiento, a ensanchar su frente).
13. Los miembros incendiados, el pelo en llamas, se hundieron como el sol en el mar de occidente.
14. Despierto ya de su sueño interminable el gélido elemento huyó rugiendo.
15. Se precipitó, batiendo sus alas en vano, el envidioso rey; sus consejeros de canosas cejas, guerreros tempestuosos, curtidos, entre yelmos y escudos y carruajes, caballos, elefantes, pendones, castillos, hondas y proyectiles.
16. ¡Cayendo, precipitándose, arrasando! Sepultos en las ruinas; en las prisiones subterráneas de Urthona.
17. Toda la noche bajo las ruinas; luego sus ariscas llamas apagadas emergen en torno al lóbrego Rey.
18. Con fuego y trueno, conduciendo a sus huestes estelares por el páramo yermo promulgó sus diez mandamientos, dirigiendo su mirada penetrante, con tenebrosa melancolía, hacia la profundidad del Abismo.
19. Donde el hijo del fuego en su nube oriental, mientras la mañana empluma su dorado pecho.
20. Apartando de sí las nubes inscritas con maldiciones, pisotea la pétrea ley hasta convertirla en polvo, soltando los eternos caballos de las cuadras nocturnales y gritando:

¡Ya no existe el Imperio! En adelante, el león y el lobo cesarán de dañar.

Coro

¡Que los Sacerdotes del Cuervo del Alba, no ya vestidos con los ropajes de mortuorio negro, con grave nota maldigan a los Hijos del Júbilo, ni sus consabidos hermanos, a los que el tirano llama libres, fijen el límite o construyan el techo, ni que la pálida lujuria religiosa llame virginidad a aquello que arde en deseo pero no actúa!

Pues todo cuanto vive es sagrado.

Made in the USA
Las Vegas, NV
06 December 2020

12234418R00092